I0668688

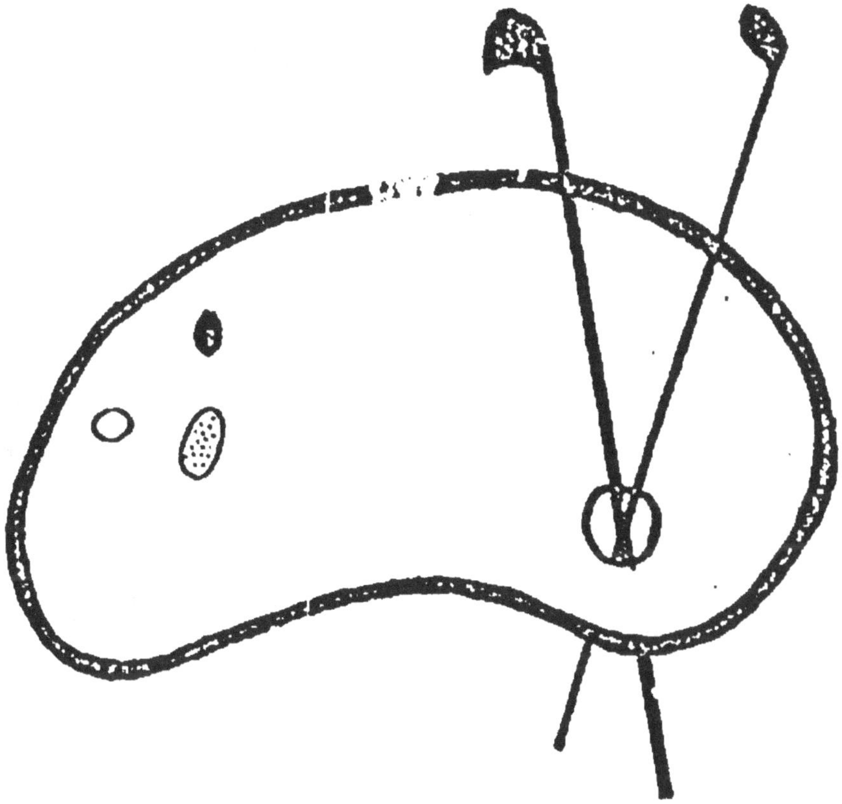

DEBUT D'UNE SERIE DE DOCUMENTS
EN COULEUR

Couverture inférieure manquante

# JEAN RICHEPIN

# VERS LA JOIE

## CONTE BLEU

### EN CINQ ACTES, EN VERS

Représenté pour la première fois sur la scène de la COMÉDIE-FRANÇAISE
le samedi 13 octobre 1894

PARIS

G. CHARPENTIER ET E. FASQUELLE, ÉDITEURS
11, rue de Grenelle, 11

1894

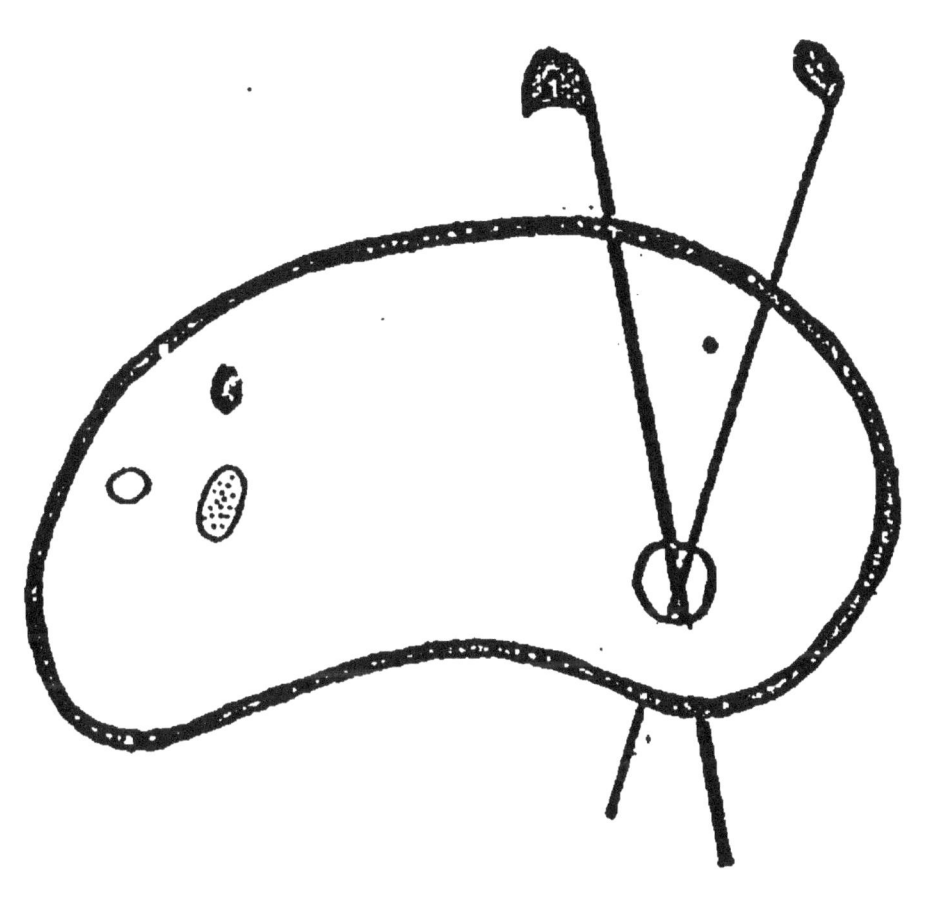

FIN D'UNE SERIE DE DOCUMENTS
EN COULEUR

# VERS LA JOIE

17773. — L.-Imprimeries réunies, rue Mignon, 2, Paris.

# JEAN RICHEPIN

# VERS LA JOIE

## CONTE BLEU

### EN CINQ ACTES, EN VERS

Représenté pour la première fois sur la scène de la COMÉDIE-FRANÇAISE
le samedi 13 octobre 1894.

## PARIS

G. CHARPENTIER ET E. FASQUELLE, ÉDITEURS
11, RUE DE GRENELLE, 11

1894
Tous droits réservés.

A

GOT

CET OUVRAGE EST

RESPECTUEUSEMENT

ET

AFFECTUEUSEMENT

DÉDIÉ

J. R.

*La scène est au pays des chansons populaires,*
*Au temps des légendes, enfui!*
*Mais, pour les sentiments et les vocabulaires,*
*La scène est en France, aujourd'hui.*

# PERSONNAGES

| | |
|---|---|
| JEAN-LOUIS BIBUS, vieux berger........ | MM. COT. |
| LE PRINCE............................ | LE BARGY. |
| TRUGUELIN, premier ministre.......... | COQUELIN cadet. |
| AGÉNOR, grand officier............... | LELOIR. |
| BRUIN, paysan, puis connétable........ | PAUL MOUNET. |
| NANET, paysan........................ | LAUGIER. |
| LANDRI, grand officier............... | DEHELLY. |
| PAULIN, fils aîné de Nanet............ | HAMEL. |
| LUCAS, fils cadet de Nanet............ | ESQUIER. |
| PREMIER MÉDECIN..................... | JOLIET. |
| SECOND MÉDECIN..................... | VILLAIN. |
| TROISIÈME MÉDECIN.................. | VEYRET. |
| LE TAMBOUR DU VILLAGE............. | FALCONNIER. |
| PREMIER HUISSIER................... | ROGER. |
| SECOND HUISSIER................... | GAUDY. |
| | |
| JOUVENETTE, fille de Nanet et de Thérèse | Mᵐᵉˢ WORMS-BARRETTA. |
| THÉRÈSE, femme de Nanet............. | PIERSON. |
| ARABELLA, fille de Truguelin.......... | FRÉMAUX. |

SIX MINISTRES, SIX TAPISSIERS, DEUX SUISSES, MOUTONS, CHIENS, PAYSANS, PAYSANNES, ENFANTS, SOLDATS, TAMBOURS ET FIFRES, DEUX MÉNÉTRIERS.

———————

Pour les droits de représentation en province et à l'étranger et pour les droits de traduction, s'adresser à M. Roger, agent de la *Société des auteurs dramatiques.*

Pour le décor, la plantation des meubles et la mise en scène détaillée, s'adresser à M. Léautaud, à la *Comédie-Française.*

# VERS LA JOIE

## ACTE PREMIER

Une salle du palais.

À droite, au premier plan, petite porte; au dernier plan, grande porte en pan coupé. — À gauche, idem. — Au fond, estrade avec un trône sous un dais, et, faisant fond, une tenture. — Au milieu, premier plan, une table verte, avec six tabourets et un fauteuil. — Contre le panneau de droite, un fauteuil. — Contre celui de gauche, un fauteuil et un tabouret.

## SCÈNE PREMIÈRE

DEUX HUISSIERS, puis LES MINISTRES, puis TRUGUELIN

PREMIER HUISSIER, annonçant d'une voix méprisante à la grande porte de gauche.

Les ministres!

(Entrent, en paquet, les six ministres, leur serviette sous le bras.)

DEUXIÈME HUISSIER, annonçant emphatiquement à la grande porte de droite.

Monsieur le président!

. TRUGUELIN, saluant rapidement.

Messieurs!

(Les ministres saluent sans rien dire.)

Vite, à vos places! Nos instants sont précieux.

(Les six ministres s'installent autour de la table, de façon que deux tournent complètement le dos aux spectateurs. Le président fait face, au fond.)

1

Messieurs, le président du Conseil des ministres
Vous apporte aujourd'hui des nouvelles sinistres,
Et, s'il osait risquer les vieux mots éloquents,
Il vous évoquerait ces flots pleins de volcans
Où le char de l'État ne bat plus que d'une aile.
La langue de nos jours étant moins solennelle,
Contentez-vous du simple exposé que voici.
Sous le feu roi, messieurs, et sous son père aussi,
Ces chers princes n'aimant que les arts et l'étude,
J'ai pris, nous avons pris, la très douce habitude
De régner à leur place, et je crois qu'à présent
Renoncer au pouvoir nous serait mal plaisant.
C'est pourtant là, messieurs, le sort qui nous menace.
Notre bon peuple montre un dévouement tenace,
Dont je profite, à la famille de nos rois;
Mais, la famille éteinte, il reprendrait ses droits
Et nous mettrait, messieurs, brusquement à la porte.
A son bonheur ainsi, comme au nôtre, il importe
Que toujours sur le trône on conserve céans
La race à qui sont dus tant de rois fainéants.
Nos vœux étaient comblés. L'héritier légitime
A ses vingt et un ans et toute mon estime.
C'est le prince parfait que mon rêve a conçu.
Pendant le cours de sa minorité, j'ai su
L'orner, comme défunts son père et son grand-père,
De goûts qui m'assuraient un avenir prospère.
J'en ai fait un jeune homme inerte, sans désirs,
Impropre à l'action, n'ayant d'autres plaisirs
Que les rêves, que les livres, que l'analyse•
De soi-même, enfin tel, messieurs, qu'il réalise,
Mieux encore que feu le monarque dernier,
Le vrai type du roi sous qui je peux régner.
Dans le cas improbable où son cœur voudrait battre,
Parmi force beautés j'en avais choisi quatre,
Une blonde, une rousse, une brune, et, ma foi,

Une négresse (j'ai tout prévu), pour l'emploi
(Sous ma direction toujours) de favorite.
Restait à lui trouver une femme. Au mérite
De ma fille j'ai cru que cela conviendrait.
Elle est, vous le savez, messieurs, tout mon portrait.
Fine autant que profonde, experte politique,
Savante, connaissant l'esthétique et l'éthique,
On regrette, en voyant ses viriles vertus,
Que le beau sexe manque au sein des Instituts.
Nous avions là, messieurs, la meilleure des reines,
Et du char de l'État je conservais les rênes.
Donc mon plan, notre plan, était sublime ainsi.
Vos approbations me rendent fier. Merci!
O ciel! Pourquoi faut-il qu'une si belle affaire,
Mon zèle l'ait gâtée à vouloir trop bien faire!
Si le prince était mort, messieurs, que diriez-vous?

(Les ministres se lèvent à demi.)

Ah! rien qu'à cette idée, on lit dans vos yeux fous
L'épouvante, la fuite éperdue en province!

(Les ministres se lèvent tout à fait, prêts à se sauver.)

Non! un instant, messieurs. Rasseyez-vous!

(Les ministres se rassoient.)

Le prince
N'a pas encor rejoint ses augustes aïeux.
Mais, hélas! Quoiqu'il vive, il n'en vaut guère mieux;
Pour nous, du moins; et c'est de quoi je suis coupable.
Il est, grâce à mes soins, tellement incapable
De désirs, d'action, de ceci, de cela,
De tout, qu'il ne veut plus même régner. Voilà!
Tout à l'heure, en montant sur le trône, il abdique.
Et nous, bonsoir!... Messieurs, j'ai dit. Net, méthodique,
En un discours peut-être un peu long, mais complet,
Je vous montrai sans fard la chose comme elle est.
La situation étant bien éclaircie,
Souffrez, messieurs, souffrez que je vous remercie

De m'avoir prodigué pour sortir de ce pas
Vos excellents conseils que je n'oublierai pas.
Allez !
    (Il les congédie du geste.)
        (Les ministres saluent et sortent à la queue leu leu.)

## SCÈNE II

### TRUGUELIN, Les Deux Huissiers, Les Six Tapissiers, puis AGÉNOR et LANDRI

#### TRUGUELIN

Et maintenant, à l'action !
Il frappe sur un timbre, et les deux huissiers surgissent, chacun à l'une des
deux grandes portes.)
                        Qu'on fasse
Enlever cette table, et qu'on mette de face
Ces deux fauteuils. Ho ! Vite !... Où sont les tapissiers ?

#### PREMIER HUISSIER, annonçant à droite.

Les tapissiers !
(Entrent les six tapissiers, qui exécutent l'ordre de Truguelin, puis sortent proces-
sionnellement, suivis de l'huissier de droite.)

#### TRUGUELIN

Très bien !... Mes deux grands officiers !

#### DEUXIÈME HUISSIER, annonçant à gauche.

Les deux grands officiers !
(Entrent les deux grands officiers, après quoi l'huissier sort.)

#### TRUGUELIN

                    Tout marche à la baguette.
C'est vraiment admirable ! Un ordre ! Une étiquette !

Et la cour, mise ainsi sur le pied que j'aimais,
Le prince, en abdiquant, m'en chasserait! Jamais!
Il n'abdiquera pas, morbleu! Coûte que coûte!
(Aux grands officiers, en s'asseyant.)
Eh bien! Quoi de nouveau, messieurs? Je vous écoute.
(A Agénor.)
Vous!

AGÉNOR, s'avançant.

Rien!

TRUGUELIN

C'est peu!... Comment! De ces quatre beautés,
Nulle, Agénor, ne l'a séduit, vous l'attestez!

AGÉNOR

Nulle! Agénor l'atteste.

TRUGUELIN

Étrange!... Elle est si douce,
La blonde! Si piquante est la brune! La rousse,
Une merveille!

AGÉNOR

On peut le dire.

TRUGUELIN

Un pur trésor!

AGÉNOR

Pas pour lui. Celle-là qui lui déplaît encor
Le moins, c'est la négresse.

TRUGUELIN

Ah! ah!

AGÉNOR

Oh! peu de chose!
Il dit que sous sa peau noire elle a l'âme rose.
C'est tout. Mais en savoir plus long, il n'y tient point.

TRUGUELIN

Diable!...
(A Landri)
Et les médecins, Landri?

LANDRI

J'ai, point par point,
Suivi vos ordres, fait crier en grande pompe...

TRUGUELIN

Partout!

LANDRI

Partout.

TRUGUELIN

A son de trompe!

LANDRI

A son de trompe...
Que par un sortilège on avait enchanté
Le prince, et qu'à celui qui lui rendrait santé,
Quel qu'il fût, rebouteux, docteur ou saltimbanque,
Vous promettiez...

TRUGUELIN

En or !

LANDRI

En or.

TRUGUELIN

Mis à la Banque !

LANDRI

Mis à la Banque.

TRUGUELIN

Trois bons millions ! Trois !

LANDRI

Trois.

TRUGUELIN

Par-dessus le marché, la croix !

LANDRI

Toutes les croix !

TRUGUELIN

Parfait !... Le résultat ?

LANDRI

Une bande, une horde,
Des flots de médecins, dont le palais déborde,

Et tels qu'on se demande, à les voir si nombreux :
Qui soignent-ils, à moins de se soigner entre eux?

TRUGUELIN

C'est effrayant, ce qu'on est malade en province!
Enfin!... Et monseigneur?

LANDRI

                    Monseigneur les évince,
Sous prétexte, dit-il, qu'il n'est pas mal portant,
Et ne peut, en tout cas, en consulter autant.

TRUGUELIN

Ça, c'est vrai.

LANDRI

                    Pour ne pas vous faire de la peine,
S'il daigne en recevoir une demi-douzaine,
C'est tout.

TRUGUELIN

C'est quelque chose. Alors?

LANDRI

                    Alors, j'attends
Qu'après s'être à loisir traités de charlatans,
Pour choisir six élus risquant la récompense
Nos docteurs soient d'accord.

TRUGUELIN, souriant.

Ce sera long...

LANDRI, riant avec affectation.

Je pense.

TRUGUELIN

Non! S'ils ne se sont pas, dans une heure, entendus,
Qu'on tire au sort les six. Tous les autres, pendus !

LANDRI, l'air tout à fait plaisant.

Je vais leur faire part de la bonne nouvelle.

(Il sort.)


SCÈNE III

TRUGUELIN, AGÉNOR

TRUGUELIN, sévère.

Agénor!... Votre adroit collègue se révèle
De jour en jour comme un esprit très distingué.
J'aime qu'on soit ainsi, supérieur et gai.
Vous, monsieur, vous baissez beaucoup, prenez-y garde !

AGÉNOR

Moi ! Oh !

TRUGUELIN

Vous ! Or l'histoire est là, qui nous regarde!
Elle enregistrera combien fut mal tenu
Le haut poste où j'ai mis votre front trop chenu.

AGÉNOR

Est-ce ma faute, hélas! si le prince est de glace?
Ah ! tout autre... Et moi-même, oui, moi-même, à sa place,
De ces quatre beautés j'en aimerais déjà
Trois, au moins, malgré la vieillesse qui neigea
Sur ce front trop chenu qu'on me jette à la tête.
Mais lui, néant ! C'est un psychologue, un esthète.

TRUGUELIN

Un haut esprit!

AGÉNOR

                    Sans doute, oui ; mais rien qu'un esprit.
Estomac ruiné, qu'à grand'peine on nourrit !
De quoi? Pilules, jus, sirops, viande râpée,
Où s'épuise l'effort de la pharmacopée !
Un corps, enfin, qui n'a plus l'air d'un corps vivant !
Un être de chimère, et de rêve, et de vent !
Le rendre amoureux, lui !... Non, tenez, je préfère
Démissionner. Quoi que l'histoire sévère
Puisse écrire, Agénor a fait tout son devoir.
Soit dit sans vous blesser, je voudrais vous y voir !

TRUGUELIN

Calmez-vous, Agénor. Je fus dans ma critique
Un peu vif. Oui, le prince est vraiment...

AGÉNOR

                              Flegmatique,
J'ose dire. Excusez si l'on vous interrompt ;
Mais c'est que j'ai l'esprit, tout comme un autre, prompt,
Et je peux être aussi, pour complaire à mon maître,
Supérieur et gai, lorsque je veux m'y mettre.
Vous verrez !... Bref, le prince est, en tant qu'amoureux,
Plutôt... vague.

TRUGUELIN

                    Pourtant, avec ma fille !... Entre eux
J'ai cru distinguer...

AGÉNOR

          Rien non plus, je vous le jure.

Dieu garde à votre sang qu'Agénor fasse injure ;
Et cependant, d'honneur, tenez-le pour certain,
Votre fille en personne y perd tout son latin.

TRUGUELIN

Allons donc ! Hier encor, j'observais à distance.
Ma fille lui parlait, bas, d'une voix intense ;
Le prince la serrait de près, lui répondant ;
Tous deux animes, l'œil profond, le geste ardent.
Or que pouvaient-ils faire avec tant d'énergie ?

AGÉNOR

Oh ! ce qu'ils font toujours ! De la psychologie.

L'HUISSIER DE GAUCHE, annonçant à la cantonade.

Le prince ! Et Sa Grandeur madame Arabella !

AGÉNOR

Les voici justement. Tenez,
(Il désigne la portière de la tapisserie qui sert de fond décoratif au trône.)
Cachons-nous là.
Écoutons-les. Un vieux moyen de comédie,
Certes ! Mais c'est encor le meilleur, quoi qu'on die,
Pour apprendre à coup sûr ce que pensent les gens.
(Il passe derrière la tapisserie.)

TRUGUELIN

Mânes de Machiavel, soyez-nous indulgents !
(Il se cache à son tour.)

# SCÈNE IV

LES MÊMES, cachés. L'HUISSIER, puis LE PRINCE
et ARABELLA

L'HUISSIER, ouvrant la porte de gauche, et annonçant d'une voix
retentissante.

Le prince! Et Sa Grandeur madame...

LE PRINCE

                              Assez, de grâce!
Assez! Ah! Quelle voix! Quel clairon! Il vous casse
Les oreilles. Vraiment, est-ce qu'on ne pourrait
Vous prier d'annoncer sur un ton plus discret?

L'HUISSIER, à voix d'eunuque.

Arabella!

LE PRINCE

        Très bien. Allez.
              (Il le congédie, l'huissier sort.)
                         Chère madame.
Où donc en étions-nous?

ARABELLA, très minaudière.

                    Mais, sur votre état d'âme,
Toujours, prince.

LE PRINCE

            Sans doute. A quel détail précis?
On nous a bousculés avec tous ces récits
D'un tas de médecins dont la grand'cour est pleine.
Et j'entendais d'ailleurs leurs cris à perdre haleine.
Le palais en devient inhabitable.

ARABELLA

Aussi
Avons-nous fui de chambre en chambre jusqu'ici.

LE PRINCE

Puisqu'enfin l'on y trouve un peu de solitude,
Reprenons, s'il vous plait, notre petite étude.
(Il la fait asseoir sur le fauteuil de gauche, et s'installe auprès d'elle sur
le tabouret, en s'accoudant au bras du fauteuil.)
Je me rappelle où nous en étions. Il s'agit...

ARABELLA

Et c'est là que pour vous la difficulté git...

LE PRINCE

Parfaitement, c'est là qu'elle git, et me trouble.
(Frazuelin et Agénor s'avancent un peu, pour écouter.)

ARABELLA

Pourquoi? La conscience étant admise double...

LE PRINCE

Ah! double, c'est bien peu. Multiple est plus exact.

ARABELLA

Je ne m'inscrirai pas en faux. Pourtant, le tact,
En quoi les autres sens, après tout, se résument...

LE PRINCE

Je ne dis point. Mais les nuances, qui s'exhument,
Qui s'exhalent, chacune étant moi, dans mon moi,
Qu'en faites-vous? Voilà d'où vient tout mon émoi.

ARABELLA

Grave.

LE PRINCE

Et triste.

ARABELLA

Oh! combien!

LE PRINCE

Hélas!

ARABELLA

Hélas!

TRUGUELIN

Étrange !

(Il s'avance, suivi d'Agénor.)
Broum! Hum! Pardonnez-moi, prince. Je vous dérange.
Nous venions voir si tout est prêt pour le grand jour;
Mais, puisqu'à ma fillette on fait un doigt de cour...
Oh! je ne suis pas père à vous chercher querelle!

AGÉNOR

Entre deux fiancés la cour est naturelle.

LE PRINCE

Entre deux fiancés!

AGÉNOR

S'aimant comme des fous!

LE PRINCE

Mais...

AGÉNOR

Vous aimez madame.

LE PRINCE

                              Ah çà, dites-moi, vous,
Vous en prenez, je trouve, un peu bien à votre aise.
Quoi! Vous avez, depuis un mois, la bouche en fraise,
Le geste insinuant, le regard excité,
Tendu piège sur piège à ma pudicité ;
Et j'ai tout refusé, tout...

AGÉNOR

                              Jusqu'à la négresse !
C'est vrai.

LE PRINCE

        Vieillard cynique !

AGÉNOR

                              O délire! Allégresse !
Cynique ! On me rend donc justice !
                    (A Truguelin.)
                              Vous voyez !

LE PRINCE

Et non content de tous vos efforts fourvoyés,
Vous voulez à présent que j'épouse madame !

TRUGUELIN, décidé.

Et pourquoi pas?

LE PRINCE

Comment ! Et pourquoi pas ?

AGÉNOR

Bédame !

ARABELLA

Ne vous semble-t-il pas, prince, que l'on pourrait...?

TRUGUELIN

Mais oui. Ne fût-ce qu'un mariage secret !
Vous épousez d'abord. Vous montez sur le trône
Ensuite.
          (Sur un geste du prince.)
          Laissez-moi m'expliquer.

AGÉNOR

On vous prône
Votre bonheur.

TRUGUELIN

Lui seul, ô prince.

ARABELLA

Absolument.

TRUGUELIN, sur un nouveau geste du prince.

Oui, oui, je sais, régner vous parait assommant ;
Vous préférez la paix et vos chères études ;
D'accord ! Mais le pouvoir et ses inquiétudes,
Je m'en charge.

ARABELLA ET AGÉNOR

Il s'en charge.

TRUGUELIN

A ce devoir sacré,
Pour vous, puisqu'il le faut, je me sacrifierai.

ARABELLA

Bon père !

TRUGUELIN

Et vous vivrez, vous, libre !

AGÉNOR

A la campagne !

ARABELLA

Où vous voudrez !

TRUGUELIN

Avec ma fille pour compagne !

ARABELLA

Conversant tous les deux comme de purs esprits !

AGÉNOR

Jouissant d'être seuls à vous être compris !

TRUGUELIN

Et n'ayant d'autre soin jamais qui vous réclame,
Sinon de vous montrer sans fin vos états d'âme !

2

ARABELLA

O rêve!

AGÉNOR

O paradis!

TRUGUELIN

Êtes-vous convaincu?

LE PRINCE

Non. Je suis las de tout. J'ai d'avance vécu.
J'ai fait le tour entier de la pensée humaine.
Mes curiosités désormais pour domaine
N'ont que ce moi, rebelle à mes longs examens,
Et vers qui tristement je cherche des chemins
Sans espoir d'en trouver dans un tel labyrinthe.
Et c'est lorsque ce moi fuit devant mon étreinte,
Que j'irais concevoir le projet hasardeux,
N'en déchiffrant pas un, d'en analyser deux!
Non, mon unique moi me suffit en partage.
Je m'y veux absorber chaque jour davantage.
Je ne régnerai point, ni ne me marierai.
Et je vais m'enfouir en un lieu retiré
Où je puisse à loisir et sans trop de souffrance
M'éteindre doucement dans ma désespérance.
J'ai dit. J'en ai trop dit. Je me sens fatigué.

AGÉNOR, à part.

Pour un jeune homme gai, c'est un jeune homme gai!

TRUGUELIN

Mais, si vous abdiquez, l'émeute qu'on redoute...

LE PRINCE, excédé.

Ah! encor!

ARABELLA

Vous souffrez?

AGÉNOR

De l'estomac, sans doute?

ARABELLA, lui tendant sa bonbonnière.

Une perle d'éther!

LE PRINCE, la prenant.

Merci.
(Après un silence.)
Cela va mieux.

TRUGUELIN

Alors, parlons raison.

AGÉNOR

Oui, soyons sérieux!

TRUGUELIN

Vous êtes résolu? Ni trône...

AGÉNOR, bas à l'oreille du prince.

Ni femelle?

TRUGUELIN

C'est votre volonté?

AGÉNOR

Formelle?

LE PRINCE

Oh! oui, formelle.

TRUGUELIN

Cette obstination me réduit désormais
A des extrémités que je déplore ; mais
L'intérêt du pays, prince, me les commande.
Puisque rien, ni conseil ami, ni réprimande,
Ne vous peut arracher un mot encourageant,
J'userai donc des droits que j'ai comme régent.
Pour le bien de l'État, ces droits, je les applique
A votre santé ; car elle est chose publique ;
Et je vais, jusqu'au jour de votre guérison,
Entre six médecins vous tenir en prison.

LE PRINCE

Entre six médecins !

TRUGUELIN

Douze, si bon vous semble.

LE PRINCE

Douze !

TRUGUELIN

L'un après l'autre, ou bien les douze ensemble,
A votre choix ; mais tous ardents à vous soigner,
Tant que vous n'aurez point résolu de régner.

LE PRINCE, accablé.

Soit ! Je me laisserai soigner. Tout, je préfère
Tout, plutôt qu'être époux et roi.

TRUGUELIN

C'est votre affaire.

ARABELLA

Votre Altesse n'est pas galante à mon endroit.

AGÉNOR, à part.

Pour un jeune homme froid, c'est un jeune homme froid.

LE PRINCE, à Arabella.

Excusez-moi, madame, et plaignez ma misère.
Ah !
(En un profond soupir ; puis s'adressant à Truguelin )
    Mais, dites-moi donc, est-il très nécessaire
Que douze médecins s'attachent à mes pas ?
Même six ? A quoi bon ? Ne suffirait-il pas
D'un seul ? Oui, ma santé, j'en conviens, se détraque
De plus en plus ; je sens que je deviens patraque ;
Essayer d'essayer un régime plus sain
Ne me déplairait pas !... Mais, un seul médecin !
Un !
    (A Arabella.)
    Vous, plaidez pour moi ! Soyez ma bienfaitrice.
Je ferai mon possible afin qu'on me guérisse ;
Et peut-être qu'un jour ce moi désenchanté,
Retrouvant ce qu'on dit que donne la santé,
Saura rendre justice à l'aimable figure
Qu'aujourd'hui je ne vois qu'en une brume obscure.

AGÉNOR, à Truguelin.

Voilà ce que j'appelle un joli compliment.

ARABELLA, implorant Truguelin.

Mon père !

TRUGUELIN

Ce n'est pas grand'chose assurément :
L'ombre de l'ombre du semblant d'une promesse!

AGÉNOR

Oui, nous sommes encore un peu loin de la messe
De mariage.

TRUGUELIN

Mais je m'en contenterai.
Il en sera donc fait, mon prince, à votre gré.
Entre six médecins vous choisirez vous-même
Celui qui...

LE PRINCE

Permettez! Une faveur suprême!
Entre... trois, voulez-vous?

TRUGUELIN, à Agénor.

Allez dire : entre trois.

AGÉNOR

Entre trois, bien.

TRUGUELIN, le voyant qui hésite avant de s'en aller.

Allez!

AGÉNOR, à part, en s'en allant lentement.

Voici l'instant, je crois,
Qu'à son tour mon esprit distingué se révèle.
(Revenant et à voix haute.)
Je vais leur faire part de la bonne nouvelle.
(Il sort.)

## SCÈNE V

### LE PRINCE, TRUGUELIN, ARABELLA

TRUGUELIN

Prince, vous le voyez, je ne suis pas méchant :
A vos moindres désirs je souscris sur-le-champ.
En retour, faites-moi la grâce, je vous prie,
Pour rendre honneur à la puissante confrérie
Des médecins, de les recevoir assis...
(En montant le trône.)
Là.

LE PRINCE

Moi, sur le trône !

TRUGUELIN

Oui, vous.
(A Arabella.)
Insiste, Arabella.
(A part.)
S'il y prenait goût !

ARABELLA, au prince.

Oui, prince, je vous conjure.

LE PRINCE

Non ! jamais !

ARABELLA

Supposez que c'est une gageure,
Et que je me suis mis en tête justement
De vous y voir assis, ne fût-ce qu'un moment.

LE PRINCE

Mais...

ARABELLA

J'ai plaidé pour vous. « Soyez ma bienfaitrice! »
Disiez-vous. Je la fus. Caprice pour caprice !
(Le poussant vers le trône.)
Cher prince !

TRUGUELIN

Approchez donc !
(Montrant le trône, dont il gravit les marches.)
Il n'est pas effarant.
Un fauteuil comme un autre, à part qu'il est plus grand !
Et... regardez !
(Il exécute successivement tout ce qu'il dit.)
On y prend place de la sorte.
Là, bonnement, sans plus. Faut-il que l'on en sorte ?
On en sort, voilà ! Bouh ! Bah ! Plaisanterie !... Hein !
Asseyez-vous !... Pour voir !... Cela n'engage à rien.

ARABELLA

Prince, vous me rendez attristée et confuse.
Vouloir ce peu de chose, et qu'on me le refuse !
Oh !
(Elle éclate en sanglots.)

LE PRINCE

Vous pleurez, madame !

ARABELLA

Un si petit désir !

LE PRINCE, s'asseyant sur le trône.

Allons, soit ! Mais c'est bien pour vous faire plaisir.

ARABELLA

Trouvez-vous donc que l'on y soit si mal à l'aise ?

TRUGUELIN

Ne concevez-vous pas qu'à la longue on s'y plaise ?

LE PRINCE, effrayé, voulant se lever.

Mais...

TRUGUELIN, le forçant à rester assis.

Carrez-vous ! Le fond est garni de coussins.


SCÈNE VI

LES MÊMES, puis LES HUISSIERS, AGÉNOR, LANDRI,
LES TROIS MÉDECINS, LES MINISTRES

L'HUISSIER DE GAUCHE, annonçant.

Les deux grands officiers et les trois médecins !
(Les premiers viennent prendre place chacun de son côté sur une marche du
trône. Les médecins, sur un signe de l'huissier, vont se ranger à gauche.)

LE PRINCE, voulant se lever, à Truguelin.

Laissez-moi ! Je veux... Je...

TRUGUELIN, avec de gros yeux comme on fait à un enfant.

Hou ! prince ! Et l'étiquette !

L'HUISSIER DE DROITE

Les ministres !
(Ils saluent et viennent s'aligner à droite.)

TRUGUELIN, au prince.

Songez que le Conseil vous guette !

Et quel!... Attention, prince; ne bougeons plus !
Honneur à vous, messieurs les trois docteurs élus
Par vos confrères, ou, ce qui revient au même,
Tirés au sort! Messieurs, notre prince, qui m'aime,
A bien voulu céder à mes sages avis,
Et d'un bon traitement aux préceptes suivis
Il va faire l'essai loyal et se soumettre
A celui de vous trois jugé le plus grand maître.

LES TROIS MÉDECINS

C'est moi!

TRUGUELIN

Souffrez d'abord qu'on vous mette au courant
De son mal.

LE PREMIER MÉDECIN

Ce n'est pas la peine.

TRUGUELIN

Ah!

LE DEUXIÈME MÉDECIN

On nous prend
Pour des ignares!

LE PRINCE

Mais....

LE TROISIÈME MÉDECIN

Le malade raisonne!

LE PREMIER MÉDECIN

Pour le diagnostic, moi, je ne crains personne.

LE DEUXIÈME MÉDECIN

Moi non plus!

LE TROISIÈME MÉDECIN

Et moi, donc!

LE PREMIER MÉDECIN

Je fais le mien de loin.

LE DEUXIÈME MÉDECIN

Moi d'encore plus loin.

LE TROISIÈME MÉDECIN

Moi, je n'ai pas besoin
Même de voir. J'opère au moyen des effluves.

LE PREMIER MÉDECIN

Moi par le bistouri.

LE DEUXIÈME MÉDECIN

Moi par les pédiluves.

LE PREMIER MÉDECIN

Ma méthode...

LE DEUXIÈME MÉDECIN

Comment, ma! J'en fus l'inventeur.

LE TROISIÈME MÉDECIN

On l'avait découverte avant vous deux.

LE PREMIER ET LE DEUXIÈME MÉDECIN

Menteur!

TRUGUELIN

Eh! messieurs! on croirait que s'ouvre une volière
Et que vous êtes des médecins de Molière.
De la discussion jaillit la vérité,
Certes; pourtant, d'un air un peu moins irrité,
Par égards pour la foi dont chacun est l'apôtre,
Veuillez, sans passion, parler l'un après l'autre.

LES TROIS MÉDECINS

Je commence!

TRUGUELIN

Pardon! Tenez, par... Oui, par rang
De taille.
(Au deuxième médecin)
Vous, d'abord, le plus grand.

LE DEUXIÈME MÉDECIN

Le plus grand,
En effet! Et je suis fier, je le dis sans feinte,
Qu'on me rende un si juste hommage en cette enceinte.
Et si quelqu'un s'obstine à soutenir que non...
(Je suis calme, et ne veux prononcer aucun nom),
Mais ce quelqu'un, ou ces... quelqu'un..., enfin, n'importe!...
(Et nulle passion, on le voit, ne m'emporte),
Bref, ces messieurs, tel est mon humble sentiment
(Et je crois m'exprimer académiquement),
Sont d'affreux scélérats qu'on devrait mettre au bagne.
Voilà!

TRUGUELIN

Très bien.
(Au premier médecin.)
A vous!

LE PREMIER MÉDECIN

                              Messieurs, par an je gagne,
Avec mon bistouri, quatre cent mille francs.
C'est vous dire combien me sont indifférents
Les propos de l'envie acharnés à... ma trousse.
Une chose pourtant, j'en conviens, me courrouce :
C'est qu'un homme, ayant fait... quelques livres... (mon Dieu !
De ces gros livres, bons à mettre en certain lieu),
A ses traits vipérins ose offrir cette cible,
Ma gloire ! Non, l'audace est tellement risible
Que mon courroux s'apaise et se fond en pitié.
Un homme (et je ne dis encor que la moitié
De ce qu'on pense), un sot, d'une si singulière
Maladresse, que fût-ce en ce temps... de Molière
(Et je crois m'exprimer académiquement),
Il n'eût pas même su donner un lavement.
Voilà !

                    TRUGUELIN

        Très bien.
            *(Au troisième médecin.)*
        A vous !

            LE TROISIÈME MÉDECIN

                              Oh ! moi, j'ai l'âme en joie.
    *(Montrant successivement le premier et le deuxième médecin.)*
Chirurgien ! Médecin ! Kss ! Kss ! Qu'on les renvoie
Dos à dos. Tous les deux se valent. Pft ! Vieux jeu !
Le nouveau, le seul, c'est celui que depuis peu
J'instaure, et que l'on voit fleurir à ma clinique.
Plus d'amputations ! Plus de drogues ! L'unique,
L'essentiel remède à tous les maux humains,
C'est la suggestion en imposant les mains.
Tous les malades sont pour moi des névropathes,
Et, simplement, ainsi, d'un geste...
            *(Il mime des passes magnétiques.)*

LE PREMIER ET LE DEUXIÈME MÉDECIN

Avec les pattes !

LE TROISIÈME MÉDECIN

Si c'était vous, messieurs, ce serait des sabots!

LE PREMIER ET LE DEUXIÈME MÉDECIN

Charlatan !

LE TROISIÈME MÉDECIN

(Au premier médecin.)

Pilulard !

(Au deuxième.)

Charcutier pour corbeaux !

LES TROIS MÉDECINS, nez à nez et prêts à se gourmer.

Assassin !

TRUGUELIN

Paix, messieurs ! De verbe et de mimique
Vous sortez un peu trop du ton académique.

LE PREMIER MÉDECIN

Eh bien! pour en finir, je propose un pari.

LE DEUXIÈME ET LE TROISIÈME MÉDECIN

Accepté !

LE PREMIER MÉDECIN

Nous servant, moi de mon bistouri,
Lui,

(En haussant les épaules et montrant le deuxième médecin.)

de ses livres, lui,

(En montrant le troisième.)

de ses mains...

(Il mime des passes grotesques.)

fluidiques,

Ici, comme au vieux temps dans les duels juridiques,
Nous ferons devant vous nos preuves.

LE DEUXIÈME ET LE TROISIÈME MÉDECIN
En effet.

LE PREMIER MÉDECIN
Assez de mots en l'air ! Des faits !

LE DEUXIÈME MÉDECIN
Des faits !

LE TROISIÈME MÉDECIN
Parfait !

LE PREMIER MÉDECIN
Qu'on nous donne un malade !

LE DEUXIÈME ET LE TROISIÈME MÉDECIN
Oui.

LE PREMIER MÉDECIN
Le plus incommode !

LE DEUXIÈME ET LE TROISIÈME MÉDECIN
Oui.

LE PREMIER MÉDECIN
Nous le traitons tous.

LE DEUXIÈME ET LE TROISIÈME MÉDECIN
Oui.

LE PREMIER MÉDECIN
Chacun...

#### LE DEUXIÈME ET LE TROISIÈME MÉDECIN
A sa mode.

#### LE PREMIER MÉDECIN

Et le jury d'honneur, pour ce constitué,
Verra qui de nous trois l'aura le moins tué.

#### LE DEUXIÈME ET LE TROISIÈME MÉDECIN

Soit!

#### TRUGUELIN, au prince.

Après ce tournoi fait en votre présence,
Prince, vous choisirez vraiment en connaissance
De cause.

#### LE PRINCE

Non, merci, non! Ce sera charmant,
Sans doute; mais je suis plus que suffisamment
Instruit. Je choisis...

#### LES TROIS MÉDECINS

Moi!

#### LE PRINCE

De ne choisir personne.

#### TRUGUELIN, bas au prince.

Alors, c'est avec six que je vous emprisonne.

#### LE PRINCE

Avec six!

#### TRUGUELIN

Avec six... Ou douze. Et songez-y,
Sauf des exceptions... rares, tous sont ainsi.

## SCÈNE VII

### LES MÊMES, BIBUS, DEUX SUISSES, LE PREMIER HUISSIER

BIBUS, au dehors, d'une voix forte.

:Si !

LE PREMIER HUISSIER, idem.

Non. On n'entre pas.

BIBUS, idem.

J'entrerai.

L'HUISSIER, idem.

Mais, que diantre !

BIBUS, idem.

Diantre aussi ! J'entrerai, que je vous dis.
(Une bousculade se produit à la porte, et il paraît.)
Et j'entre.
Il vient se camper à droite, après avoir traversé la scène en continuant à bousculer tout le monde, tandis que les deux Suisses, qui sont entrés derrière lui, restent plantés à la porte.)

TRUGUELIN

Qu'est-ce que c'est que ça ?

BIBUS

Ça, c'est moi, Jean-Louis
Bibus. Des noms que vous n'avez jamais ouïs,
N'est-ce pas ? Mais, par Dieu, les miens valent les vôtres.
Et vous allez, d'ailleurs, en entendre bien d'autres !

TRUGUELIN, aux deux Suisses restés à gauche.

Empoignez le coquin qui parle sur ce ton.
(Les deux Suisses s'avancent.)

3

BIBUS, se mettant en garde de bâton

N'approchez point ! Ou bien je parle du bâton.
(Les deux Suisses reculent et regagnent leur place près de la porte.)

TRUGUELIN

Enfin, d'où sort cet homme, et que veut-il ?

BIBUS, désignant Landri.

Explique,

Toi ; tu sais. Et dis juste !
(Avec un moulinet)
Ou gare à la réplique !

TRUGUELIN, à Landri.

Expliquez.

LANDRI

Sur la foi de l'annonce est venu,
Vous vous en doutez bien, un monde saugrenu,
Non seulement docteurs plus ou moins à diplôme,
Mais un peu toute la racaille du royaume,
Sorciers, rebouteux... Or, l'homme est un de ceux-là.

BIBUS

Oui, dame ! Ancien berger. Un brin sorcier. Voilà.

LE PRINCE, bas, à Arabella.

Il est très curieux, n'est-ce pas? Pittoresque?

ARABELLA, de même.

Oui !

LE PREMIER MÉDECIN, s'avançant

Peuh! Sorcier! Mais pas médecin !

BIBUS

Pas?... Oh! presque.

Ou plutôt, mieux. J'en ai guéri, moi, diablement,
Des malades; et plus que vous, pour sûr.

LE PREMIER MÉDECIN

Comment
Apprîtes-vous...

LE DEUXIÈME MÉDECIN

Faisant le métier que vous faites...

LE TROISIÈME MÉDECIN

L'art de guérir les gens?

BIBUS

Mais, en soignant les bêtes.

LE PRINCE, bas, à Arabella.

Il est drôle.

BIBUS, à Landri, qui coquette avec Arabella.

Eh! là-bas, l'amoureux! Va, conclus.

LANDRI, avec un sursaut.

Donc, notre homme voulait être un des trois élus,
Sachant seul, disait-il, quelle est la maladie
De Son Altesse, et par quoi l'on y remédie.
Il prétendait d'ailleurs que les docteurs sont des...

(Il s'arrête de parler.

BIBUS

Eh bien! répète. Allons! Sont des... quoi?

LANDRI

Des... baudets.

## LES TROIS MÉDECINS

Des baudets!

#### BIBUS

Oh! le mot n'est pas de ma fabrique.
Et, si baudet ne vous va pas, mettons « bourrique! »

#### LANDRI

Il ajoutait... Mais ses propos sont peu courtois.
Je crains...

#### BIBUS

Bref, ils criaient tous comme des putois;
Et j'ai dit que tout ça qu'un médecin bredouille,
C'est de l'eau de boudin et du brouet d'andouille.
Et j'ai dit encor...
(A Landri.)
(Car toi, tu n'en finis point,
Et la chose est pourtant facile à mettre au point)
J'ai dit que, sans vouloir gagner la récompense,
Ni les trois millions, ni, comme bien on pense,
La croix, moi, Jean-Louis Bibus, par mon secret,
Je ferais du petiot un qui reverdirait.

#### TRUGUELIN

Et quel est ton secret, bonhomme?

#### BIBUS

Mais, bonhomme,
Vous n'êtes pas malin, vous. Un secret se nomme
Un secret lorsque nul n'en hume le parfum.
Si je vous le disais, il n'en serait plus un.

LE PRINCE

Et pourquoi ne vouloir ni la croix ni la somme?

BIBUS

A quoi bon? Trop d'argent, dit l'autre, mauvais somme.
Quant à votre ruban avec son affiquet,
Ça ne ferait pas bien sur ma peau de biquet.

*(En r'botant s'en bo jacton de poil)*

LE PRINCE

Mais, dans quel intérêt, alors?

BIBUS

                    Mais, dans le vôtre,
Premièrement. Vu qu'un jeune homme qui se vautre
Dans un fauteuil, vêtu de noir comme un corbeau,
Avec la face en lait caillé, ça n'est pas beau.
Si je vous fais de la peine, je le regrette;
Mais je vous aimerais bien mieux dressant la crête,
Debout sur vos ergots, en coq plein d'appétit,
Comme j'étais moi-même à votre âge, petit!

LE PRINCE

Ah!... Et puis?

BIBUS

                    Et puis? Dame! Au pays dont nous sommes,
Vous et moi, m'est avis qu'il faut qu'on soit des hommes;
Et comment voulez-vous qu'on le devienne en bas,
Si vos pareils, les gens d'en haut, ne le sont pas?

LE PRINCE, se levant, et presque irrité

C'est une leçon?

BIBUS

Bah! prenez-le à votre guise.
Et tant mieux, si mon coup d'affûloir vous aiguise,
Si vous y retrouvez ce qui vous fait défaut,
Un peu de volonté, l'air fier, le verbe haut,
Le désir de chanter pouille à la maladie,
D'oser n'importe quoi pour qu'on y remédie,
Quitte à suivre un vieux Jean-Louis, un paysan,
Mais un homme, un vrai, fait en chair d'homme, bon sang!
Et d'aller avec lui va-comme-je-te-pousse,
Au lieu de vous morfondre à vous téter le pouce
Parmi tous ces bêtas qui vous ont convaincu
D'être las de la vie avant d'avoir vécu!

LE PRINCE, descendant lentement vers Bibus

C'est la première fois qu'on me tient ce langage.
Mais quoi! Me guérir, moi! Fol espoir!

BIBUS

Je m'engage
A tout faire au moins pour, et de tout cœur, bon Dieu!
Tenez, comme si vous étiez mon propre fieu.
Dites donc oui, voyons! Un effort! Soyez brave!

LE PRINCE

Changer entièrement d'existence, c'est grave.

BIBUS

Non pas, quand celle-là qu'on lâche ne vaut rien.

TOUS, voulant retenir le prince.

Prince!...

LE PRINCE, les arrêtant du geste.

Laissez!... Il a raison. Auprès du mien,
Quel sort ne paraîtrait un sort digne d'envie?
C'est du nouveau, vraiment, où sa voix me convie.
Mes curiosités y voient presque un moyen
De renaître.
(A Bibus.)
Essayons, soit!

BIBUS, éclatant.

Ah! je savais bien!

En route!

TRUGUELIN, venant se placer entre Bibus et le prince.

Mais...

BIBUS, le repoussant.

Motus, vieux! Vous n'êtes qu'une oie.

LE PRINCE

Où donc me menez-vous, au fait?

BIBUS

Où? Vers la joie.

(Rideau )

# ACTE DEUXIÈME

## Une cour de ferme.

A droite, au premier plan, la maison d'habitation, avec porte, et des bancs de pierre contre le mur. — A gauche, au premier plan, une grange avec grande porte à deux battants ; au-dessus de la porte, une grande lucarne de grenier. — Devant la porte, une charrette de foin. — A droite et à gauche, aux plans suivants, bâtiments pour écuries, porcheries, allant jusqu'au mur du fond. — Presque au milieu de la cour, un peu à droite, un puits avec une auge. — Au fond, mur de clôture, avec grand porche à peu près au milieu, mais plutôt vers la gauche. — Par le porche ouvert, on voit la place du village. — Par-dessus le mur, on aperçoit les toits des maisons voisines et le clocher de l'église.

## SCÈNE PREMIÈRE

### PAULIN, LUCAS, puis LE PÈRE NANET

(Au lever du rideau Paulin et Lucas sont en train de loger le foin. Paulin est sur la charrette, et passe, au bout d'une fourche, les bottes que reçoit Lucas, à la lucarne. Ils font la besogne en chantant.)

#### PAULIN

Madeleine lui répondit :

#### LUCAS

Madeleine lui répondit

#### PAULIN

Quand tu seras plus dégourdi.

#### LUCAS

Quand tu seras plus dégourdi.

#### PAULIN

Et le gas, pour plaire à Madeleine,

LUCAS

Et le gas, pour plaire à Madelon,

PAULIN

S'est dégourdi d'une cruche pleine.

ENSEMBLE

Ah! régali, régalette, régalons!

NANET, entrant par la grand'porte, en costume du dimanche, et portant
au bras un gros panier.

Si bien qu'au lieu d'aller sur les talons
Le gas roulait à même sa bedaine,
Ah! régali, régalette, régalons,
Ah! régalons, dondaine!

(En s'avançant.)
Eh! fils, aurez-vous tôt fini de tout loger?

LUCAS

Ça s'avance.

PAULIN, s'arrêtant de travailler.

Et vous, père, avez-vous un berger?

NANET

Non, ma foi. J'en ai fait, des pas, au champ de foire!
Et rien! Des exigeants! Ça veut manger et boire,
Palper des sommes, qu'on croirait que je leur dois,
Et ça vous a d'ailleurs du poil au bout des doigts.
Ça ne sait même pas son métier. Des canailles!
(Il s'essuie le front, puis s'assied sur la margelle de l'auge. Les gas reprennent
leur besogne.)
Un métier qui s'en va, de soigner les ouailles!
Depuis le vieux Bibus (ah! celui-là, subtil,
Capable!), on n'en fait plus des tas.

PAULIN

                    Où donc est-il,
A propos? On ne l'a pas vu de la semaine.

LUCAS

Et même plus.

NANET

        Un va-son-train! Il se promène.

PAULIN

Dommage! Il en connait peut-être un, de berger.

NANET

Ah! si lui-même...! Mais, toujours à voyager,
Maintenant!

PAULIN

        C'est un vrai loup-garou, le vieux drille!

NANET

Tout de même, un rude homme! Il a sauvé ma fille,
Jadis. Je n'oublierai jamais ça, peu ni prou.
Loup-garou tant qu'on veut, c'est un bon loup-garou.
    (S'absorbant dans sa pensée.)
S'il voulait rengager! Tout vieux qu'il est!...

LUCAS

                    Eh! père,
Vous ne rapportez rien du bourg?

NANET, prenant dans son panier, et en tirant ce qu'il dit.

                    Et cette paire
De souliers? Et ces deux aunes de ruban bleu?
Et ce bonichon-là? Ce n'est donc rien, fin Dieu?

PAULIN

Mâtin! Elle sera contente, la sœurette!

NANET

La mère aussi. J'ai là certaine gorgerette
Qui la requinquera, soyez-en convaincus.
Et j'en ai bel et bien pour près de quatre écus.
Et quatre écus d'argent, ce n'est pas quatre raves.

PAULIN

Bon! la mère et la sœur ont le droit d'être braves.

NANET

Sûr!... Je n'ai pas non plus oublié mes garçons.

PAULIN

Vrai?

NANET

Vrai.

LUCAS

Qu'est-ce que c'est?

NANET

Un cahier de chansons.

Ah!
(D'un air triomphant.)
Ça coûte cinq sous. Mais ce qu'elles sont belles!
Vous verrez! Et ce n'est pas tout. J'ai... des nouvelles.

PAULIN, s'arrêtant de travailler.

Bah!

NANET

Mais de ce train-là, le foin ne va pas, lui!
Et, vous n'y pensez plus, les gas, c'est aujourd'hui,
Tantôt, que nous devons notre demi-journée
Pour la vigne au cousin Bruin. Et la fanée,
Il faut avant midi la rentrer, pas demain.
Attendez! Je vas vous donner un coup de main.
(Il se met en bras de chemise, pose son habit sur l'auge, puis prend une fourche
et les aide.)
(Tous trois travaillent un moment, en chantonnant.)

PAULIN

Et ces nouvelles?

NANET

Tiens, j'oubliais... Politiques!

PAULIN

Non!

NANET

Si fait. Il paraît, par toutes les boutiques
On me l'a dit, qu'au lieu d'un roi, dans ce moment,
Nous avons une femme, oui, pour gouvernement.

PAULIN ET LUCAS

Une femme!

NANET

Aussi vrai que moi je suis un homme.
La fille du premier ministre. Elle se nomme...
Arabella. C'est un nom à coucher dehors.

PAULIN

Je vous crois.

NANET

Tout de même, elle gouverne.

PAULIN

                              Alors,
Le prince, et le premier ministre?

NANET

                              En escampette!
Partis! Ines... grito, qu'on m'a dit. Je répète.

LUCAS

Le prince, qu'on devait couronner l'autre jour?

NANET

Dame! Il a mieux à faire. Il est... Ah! aux eaux.

PAULIN

                              Pour?

NANET

Sans doute pour en boire, ou se laver, je pense.

LUCAS

Drôle d'idée!

PAULIN

            Et la fameuse récompense!
Les millions! La croix! Connaît-on le gagnant?

NANET

Mais non, benêt. Attends au moins qu'en le soignant
Le médecin choisi finisse son affaire.

PAULIN

C'est un grand médecin?

NANET

Ça, dame oui, dame vère.
Un étranger, qu'on dit, et capable tout plein;
Vu que les étrangers, c'est toujours plus malin.

## SCÈNE II

### LES MÊMES, JOUVENETTE

(Jouvenette sort de l'étable, à droite au fond. Elle porte d'une main un grand seau
à lait, et de l'autre une corbeille d'œufs.)

JOUVENETTE

Déjà rentré!... Bonjour, père.

NANET

Bonjour, fillette.
Tu viens de traire?

JOUVENETTE

Oui donc,
(Elle l'embrasse.)
et j'ai fait la cueillette
Des œufs. J'en ai, ma foi, les quatre quarterons,
Avec les quatre au cent. Hein! C'est des comptes ronds!

NANET

Bon! Sachant qu'il te faut la corbeille complète,
Les poules sont d'accord pour te l'emplir, poulette.

JOUVENETTE

Peut-être bien.
(Elle va poser sa corbeille et son pot au lait près de la porte de la maison.)
Et vous, avez-vous le berger?

NANET

Eh! non. Et nous devrons encor nous arranger
Pour faire un bout de temps nous-mêmes sa besogne.
Un peu chacun! Mais, bah! quand on a de la pogne!

JOUVENETTE, revenant.

Voilà qui va déplaire à la mère, pas moins.

NANET

Pourquoi?

JOUVENETTE

    Mais on ne voit que vous dans tous les coins,
Aidant l'un, aidant l'autre, et toujours à la tâche!

NANET

Parbleu!

JOUVENETTE

    Ces parbleu-là, c'est bien ce qui la fâche.
Et moi de même, da!

NANET

    Toi!

JOUVENETTE

        Sûr. Elle a raison.
C'est bien la peine, alors, d'avoir bonne maison,
De la terre au soleil, une vigne prospère,
Deux gas, comme personne ici n'en a la paire,
Et la mère, Dieu sait qu'elle plaint peu ses pas,
Et moi, qui ne suis point manchote, n'est-ce pas?
C'est bien la peine, oui, pour tout faire par vous-même,
Et ne jamais vouloir la Pâque après Carême!

NANET

Tu parles! on croirait que c'est ta mère!


# SCÈNE III

## LES MÊMES, THÉRÈSE


THÉRÈSE, qui, depuis un moment, est sortie de la maison.

Oui, vieux!
Et je m'en flatte! Car je n'aurais pas dit mieux.
Mais, elle ou moi, c'est bien turluron turlurette.
Il n'écoute personne et jamais ne s'arrête.

NANET

Plus tard!

THÉRÈSE

Oui, ton refrain; quand les gas seront grands!
(En haussant les épaules.)
Ils ne tètent plus, va! Prends du bon temps.

NANET

J'en prends,
M'est avis. Du beau foin, bien sec! Joyeux, l'ouvrage!

JOUVENETTE, rentrant dans la maison avec son seau à lait et sa corbeille
d'œufs.

De l'ouvrage, quand même. Et trop.

THÉRÈSE

Oui, trop. J'enrage.
Il se rendra malade, à jeûner de repos.

NANET

Femme, plus je travaille, et plus je suis dispos.
C'est ma santé.

THÉRÈSE

Vraiment! Et ta chemise blanche,
Hein! Et l'elbeuf de ta culotte du dimanche!
C'est aussi leur santé, donc, de loger du foin!
Tu crois que ça leur plait, dis, monsieur le sans-soin?

NANET

Allons, la mère, allons, madame la chipotte!
Je soulageais les gas.
(Il enfourche et jette dans la grange la dernière botte de foin.)
Tiens! la dernière botte!
(S'approchant et montrant à Thérèse sa chemise, puis sa culotte.)
Et tu peux reluquer : mon linge et mon elbeuf,
Rien de gâté! Je suis propre comme un sou neuf.

THÉRÈSE

Oui, parlons-en!
(Désignant le vêtement que Nanet a mis bas tout à l'heure, sur l'auge du puits, et
qui est tombé.)
Et ça, là, par terre, qui traine?

NANET

Embrasse-moi donc, va! Tu feras mieux.
(Lui tendant la joue.)
L'étrenne
De ma barbe!

JOUVENETTE, reparaissant au seuil.

Pardon! je l'ai prise, papa.

NANET, à Thérèse.

Eh bien! prends le restant pour ton meâ culpà.
(Thérèse l'embrasse.)
4

JOUVENETTE

Vous savez que la soupe est prête.

NANET

Bonne affaire !

PAULIN

Oui. J'ai faim.
(Il se dirige vers la maison.)

LUCAS, même jeu.

Et moi, donc !
(Tous deux entrent dans la maison.)

NANET, allant ranger les fourches dans la grange.

Je crois qu'on va lui faire·
Un sort, à ta soupe.

THÉRÈSE, à Nanet.

Eh! monsieur range-dernier,
Viens-tu ?
(Jouvenette lui a montré le panier de Nanet, et Thérèse en soulève le couvercle. )

NANET, accourant.

Hé! là! Hé! là! N'ouvre point mon panier.
J'ai des choses...

JOUVENETTE

Fais voir, dis.

THÉRÈSE, tenant le panier, qu'il veut prendre.

Oui.

NANET

Non, fichtre. Donne !
(Il le lui arrache des mains et le tient clos.)

Tout à l'heure, la mère! Et si ta soupe est bonne.
(En poussant Thérèse et Jouvenette dans la maison.)
A table! A table!
(Ils rentrent. La porte se referme derrière eux.)


## SCÈNE IV

### AGÉNOR, TRUGUELIN

(Ils sont vêtus en bergers, avec de grandes limousines. — Agénor paraît le premier, à la grand'porte, où il arrive en se tournant et appelant Truguelin resté encore invisible.)

AGÉNOR

Pst! Par ici, s'il vous plait.
C'est bien dans cette cour, où je suis, qu'on parlait.

TRUGUELIN, accablé de sommeil et qui bâille en parlant.

Croyez-vous, Agénor?

AGÉNOR

J'en réponds, Excellence.

TRUGUELIN

Chut!

AGÉNOR

Oui, c'est vrai, pardon. Chut! Mystère et silence!
L'incognito! D'ailleurs, c'est bien le diable si,
Déguisés par Bibus, et tels que nous voici,
On nous reconnaît! Puis, pour que l'on nous soupçonne,
Il faut un soupçonneur au moins, et, plus personne!
Les gens qui parlaient là, tout à l'heure, en allés!
Peut-être ces pays sont-ils ensorcelés?
En somme, le Bibus m'a tout l'air d'un vieux drôle,

Et qui, j'y réfléchis, nous fait jouer un rôle
Singulier, bien peu digne et de vous et de moi.

TRUGUELIN, *bâillant.*

Ah!

AGÉNOR

Car il nous envoie en avant, seuls, pourquoi?
Pour sonder, pour pousser une reconnaissance
Touchant l'opinion qu'on a de son absence.
Soit! Or, puisqu'on ne voit...

TRUGUELIN

Assez! J'ai trop sommeil.

AGÉNOR

Personne.

TRUGUELIN, *tombant par terre, accablé.*

Ah!... dormir!...

AGÉNOR, *montrant la charrette.*

Mais, à l'abri du soleil,
Fourrez-vous là-dessous. Je monterai la garde...

TRUGUELIN, *se fourrant sous la charrette.*

Croyez-vous, Agénor?

AGÉNOR

Je crois.

TRUGUELIN

Nul ne regarde?

AGÉNOR

Nul. Cachez-vous, d'ailleurs, dans ce second manteau.
*(Il ôte sa limousine et lui en couvre la tête.)*

Là, bien. Dormez, allez, dormez... incognito.
(Il s'assied, lui, devant la charrette.)
Moi, ce que je voudrais, c'est boire. Oh! rien qu'un verre,
Un verre d'eau! Mais quel métier il nous fait faire,
Ce sorcier de Bibus! Et, vrai, pourquoi, mon Dieu!
Le prince y gagne-t-il, d'errer sans feu ni lieu?
Au contraire. Incurable!
(On entend ronfler Truguelin.)
Incurable!
(Nouveau ronflement de Truguelin.)
Il se traîne.
Il n'en peut plus. Il a migraine sur migraine.
Moi-même, si vaillant, moi, j'ai là...
(En se grattant les pieds, qu'il a retirés de ses sabots.)
des cuissons.
A boire! Ah! que j'ai soif!...
(Il rêvasse.)
Est-ce heureux, les poissons!
Dans l'eau! Dans du liquide! A même!


## SCÈNE V

### LES MÊMES, JOUVENETTE

(Jouvenette ouvre la porte de droite, paraît avec un broc à la main, et, sans
voir Agénor, parle vers l'intérieur de la maison.)

JOUVENETTE

Attendez, père.
Je vais vous en tirer de la fraîche, j'espère.
(Elle court au puits, toujours sans voir Agénor caché par la charrette, et elle
se met à tirer de l'eau.)

AGÉNOR, sans la voir non plus, et comme en extase.

Quels mots ont retenti dans l'air! J'ai mal compris!
L'hallucination doit troubler mes esprits.

Oui, c'est le vieux sorcier qui s'amuse et m'enchante.
(Il se tourne au bruit de la poulie et contemple.)
Mais non, point je ne rêve. Attention touchante!
Exquise charité! Délicieux tableau!
Cher ange, c'est pour moi qu'elle tire de l'eau.

JOUVENETTE, remplissant son broc avec l'eau du seau.

Ah! ça glace les doigts.
(Elle revient vers la maison.)

AGÉNOR, s'avançant vers elle.

Merci, mademoiselle.

JOUVENETTE

Tiens, un pauvre!

AGÉNOR, galamment.

Souffrez qu'un si gracieux zèle...

JOUVENETTE

Tout à l'heure, mon brave homme, dans un instant.

AGÉNOR, avec un salut profond, et l'air galant.

L'instant me sera doux, belle, en vous écoutant.
Vos jolis yeux...
(Pendant qu'il est incliné à faire des grâces, Jouvenette est rentrée dans la
maison, et, quand il se relève, il ne la trouve plus devant lui.)
Hélas! Disparue! Envolée!
Ah! je le disais bien! Contrée ensorcelée!
Un tour du vieux Bibus encor, probablement!
Et sans doute à mes yeux, grâce à ce nécromant,
Le puits lui-même va s'évanouir, mirage!
(Pendant qu'il parle ainsi, Jouvenette est revenue sans qu'il la voie; elle porte
une grosse bigne de pain.)

JOUVENETTE

Tenez, voici pour vous, brave homme, et bon courage!
Et béni soit Dieu qui chez nous vous adressa!

AGÉNOR, tournant et retournant la ligne qu'elle lui a mise dans les mains.

Qu'est-ce que vous voulez que je fasse de ça?

JOUVENETTE, à part, avec pitié.

Ah! comme avec les ans la tête se dérange!
Il doit être un peu...
(A Agénor.)
Mais, mangez donc!

AGÉNOR

Que je mange!

JOUVENETTE

Oui.

AGÉNOR

Tout ça?

JOUVENETTE

C'est pour vous, oui, tout, je vous promets.
Pauvre homme!... Enfin!... Mangez!
(Pendant qu'il mord dans la ligne, elle rentre dans la maison.)


SCÈNE VI

AGÉNOR, TRUGUELIN endormi.


AGÉNOR, d'un air navré.

Je ne pourrai jamais.
(Il s'aperçoit qu'elle a disparu de nouveau)

Eh bien! elle est partie, encor! Pays de rêve,
Décidément!
(En reculant, il tombe le derrière dans l'auge du puits.)
                Mais quoi! Suis-je bête! Je crève
De soif. Voici le puits, dont l'eau me tend les bras.
Merci, fraiche oasis au sein des Saharas!
Enfin, je vais donc boire!
                (Il se met à tirer de l'eau.)

TRUGUELIN, s'agitant sous le manteau et appelant d'une voix sourde.

                    Agénor!

AGÉNOR, lâchant la corde du puits et reculant effrayé.

                        On m'appelle!
Peut-être est-ce l'esprit du puits qui m'interpelle.

        TRUGUELIN, à voix aiguë, toujours empêtré dans le manteau.

Agénor!

                    AGÉNOR

        Bon! De basse il se change en ténor.
Il se fâche! Ah! tant pis! J'ai trop soif.
        (Après une nouvelle hésitation, il se remet à tirer de l'eau.)

        TRUGUELIN, de plus en plus emberlificoté dans le manteau et d'une
                    voix suppliante.

                        Agénor!

        AGÉNOR, devant le seau tiré, posé sur la margelle du puits.

De l'eau!...
        (Il boit à même le seau, comme un cheval)
                Hum! que c'est bon!
                        (Il reboit.)
                        Suave!
                            (Il reboit)
                            Quel délice!
                                (Il reboit.)

TRUGUELIN, à quatre pattes, et la tête enfin hors du manteau.

J'étouffe!

AGÉNOR, se retournant, et comprenant enfin.

Ah! lui!... Buvons!
(il boit encore, à la régalade cette fois.)
Hum! Comme ça vous glisse
Dans la gorge!
(Il se répand de l'eau sur lui, mais continue à boire quand même.)
Partout!

## SCÈNE VII

### LES MÊMES, BIBUS, LE PRINCE

(Par la grand'porte arrivent Bibus et le prince, celui-ci vêtu en jeune paysan.)

BIBUS

Tenez, les voyez-vous?
Ils sont là. Mais que diable y font-ils, les vieux fous?
(Montrant successivement Truguelin et Agénor.)
Celui-là s'embarbouille, et lui se débarbouille.
L'un a l'air de Jocrisse et l'autre de Gribouille.
Hein! Que faites-vous?

AGÉNOR

Moi, je m'emplis de cette eau.

TRUGUELIN

Moi, je m'éveille.

AGÉNOR

Mais toujours incognito.
N'ayez pas peur, Bibus, j'étais en sentinelle.

BIBUS

Buvant?

AGÉNOR

Je ne buvais rien que d'une prunelle.

TRUGUELIN

Où suis-je?

LE PRINCE

Où sommes-nous, oui?

BIBUS

Ça crève les yeux.
Une ferme! Et le bout du voyage.

LE PRINCE, s'asseyant sur la margelle.

Ah! tant mieux!

BIBUS

Bon! La route vous a paru longue!

LE PRINCE

Non, brève,
Plutôt. Il me semblait cheminer dans un rêve.
Je voyais du nouveau surgir à chaque pas.
Vous me parliez gaiment. Je ne m'ennuyais pas.
Votre âme est curieuse et la nature est belle.
Mais mon corps aux efforts physiques se rebelle.
Je me sens les pieds lourds, les reins faibles. J'ai mal
A la tête. Cet air des champs trop aromal,
Cet excès de couleur, d'espace et de lumière,
Dont ma délicatesse est si peu coutumière,
Tout cela, mon ami, me lasse étrangement.

AGÉNOR

Qu'est-ce que je disais? Fameux, le traitement!

LE PRINCE

Oh! je ne m'en plains pas. Loin de là! Je me trouve
Bien de la lassitude exquise que j'éprouve.
Car ce n'est plus du tout ma langueur de jadis.
Aux voix qui me chantaient un lent *de profundis*
S'en mêle une autre, vague et très lointaine encore,
Et triste, mais avec un rien qui l'édulcore,
Un je ne sais quoi, doux, presque allègre vraiment,
Comme si, tout en moi, dans le même moment,
L'horizon s'avançant cependant qu'il recule,
Une aurore naissait au fond d'un crépuscule.
C'est pour le prolonger, ce mirage plaisant,
Que je voudrais ne plus m'en distraire à présent,
Prendre un peu de repos, seul, où je me balance
Dans un hamac de paix, de songe et de silence,
Avec l'illusion de l'aube qui grandit,
L'aube miraculeuse et claire!

BIBUS

Autrement dit,
Bref, vous ne seriez point fâché de faire un somme.

LE PRINCE

Mon Dieu! oui, j'en conviens.

AGÉNOR

Ni moi non plus! En somme,
Maintenant que j'ai bu, ça me ferait un bien!

TRUGUELIN, bâillant.

Et moi, je reprendrais très volontiers le mien.

BIBUS

Allons, vous n'êtes tous que des poules mouillées!
Et, mâtin, pour avoir les jointures rouillées,
Il ne vous en faut pas épais, mes pauvres gens.
Ah! voilà ce que c'est, que de vivre des ans
Et des ans, dans des trous reclus comme les vôtres,
A respirer de l'air qu'ont respiré les autres.
Après cet air-là, vieux, et puant l'œuf couvi,
Ça vous soûle, de l'air neuf, qui n'a pas servi.

LE PRINCE

Il faut croire.

AGÉNOR

On n'est pas des bœufs.

TRUGUELIN

Non. Je me range
A cet avis.

BIBUS, au prince, en lui montrant la grange ouverte.

Tenez, jeune homme, dans la grange
Vous pourrez dormir tout à votre aise.

LE PRINCE

Merci.
(Il entre dans la grange.)

TRUGUELIN ET AGÉNOR, bâillant et avec un air ravi.

Ah!

BIBUS, leur barrant le passage.

Vous deux, un instant! Que dit-on par ici
De mon absence?
(Voyant qu'ils se taisent.)

Eh bien! Est-ce qu'on en raisonne?
Est-ce que...?

AGÉNOR

Nous n'avons interrogé personne.

BIBUS

Parce que?

AGÉNOR

Parce que nous n'avons rencontré
Personne. Sauf, pourtant, un vague être, éthéré,
Qui, je ne sais pourquoi, s'était mis dans la tête
De me faire avaler tout ce pain.

(Montrant la bière qu'il a mise dans sa musette.)

BIBUS

Est-il bête!

(A Truguelin.)
Vous?

TRUGUELIN

Rien vu! Rien ouï! Je dormais en mon coin.

TRUGUELIN ET AGÉNOR, bâillant

Ah!

BIBUS, leur montrant la grange.

Allez vous coucher, allez! Là, dans le foin!
Et si vous avez faim au réveil, Dieu vous damne,
N'en mangez pas trop!

(Agénor est déjà entré.)

TRUGUELIN, se retournant au seuil.

Quoi?

BIBUS

Du foin, espèce d'âne!

## SCÈNE VIII

BIBUS, seul.

Quels empotés! Et c'est les malins de là-bas!
Il vivait avec ça, le pauvre petit gas.
Pardine, il faut aussi que je les entreprenne,
Ces deux-là! Vous aurez des farces de ma graine,
Mes grands messieurs à qui l'on parlait à genoux,
Et je vas vous donner du tintouin par chez nous.
Mais nous y songerons plus tard. A notre affaire!
Il s'agit qu'on les loge ici, tous. Comment faire?
Quelle histoire inventer? Enfin!
(Allant frapper à la porte de la maison.)
Père Nanet!

## SCÈNE IX

BIBUS, NANET

NANET, sortant de la maison.

Ah! c'est toi, vieux Bibus.

BIBUS

C'est moi, dame.

NANET

On venait,
Tout justement, avec les fils, là, tout à l'heure

De dire... Mais entrons, viens. La place est meilleure
Dans la maison, et tu boiras un coup de frais.

BIBUS

Non, j'aime mieux rester dehors. J'ai des secrets.

NANET

Alors, allons par là.
(L'emmenant s'asseoir sur la margelle du puits.)
C'est donc grave ?

BIBUS

Très grave.

NANET

Bon !... Mais, avant, un mot. Sais-tu quelqu'un de brave,
D'honnête, de... Bref, quoi ! j'ai besoin d'un berger...
Et si toi-même, vieux, tu voulais rengager !

BIBUS

(A part.)
Tiens ! tiens !
(Haut.)
Regarde un peu si le hasard est sage.
J'ai, voici quatre jours, pris en apprentissage
Un mien neveu, malade un brin pour le moment,
Mais que je guérirai moi-même, et vitement ;
Et je venais ici te proposer tout ferme
De mettre en pension le petit dans ta ferme,
Juste le temps qu'il faut à bien le rarranger.
Eh ! dame ! le voilà pour plus tard, ton berger.

NANET

Oui, pour plus tard ! Mais en attendant qu'il travaille ?

BIBUS

Bah ! puisque ça te va, prends-moi, vaille que vaille !

NANET, voulant courir à la maison.

Ah ! bonne affaire ! Femme, ohé ! les gas !

BIBUS, le retenant.

　　　　　　　　　　　　　　　Attends.
Tais-toi. Nous n'avons pas tout dit.

NANET

　　　　　　　　　　　　Le prix ! J'entends.
Mais la chose entre nous sera tôt terminée.
Comme autrefois, veux-tu ? Vingt pistoles l'année ;
La dîme sur la tonte ; et (ma foi, c'est lâché)
Je nourris ton neveu par-dessus le marché.
Est-ce conclu ?

BIBUS

Mais c'est qu'il faut que je te dise...

NANET

Si tu réclames plus, c'est de la gourmandise,
Bibus, et tu n'es pas raisonnable. Je joins...

BIBUS

Le plus que je réclame est plutôt presque moins.

NANET

Moins !.. Presque !... Explique-toi. La chose s'entortille.

BIBUS

Mon neveu n'est point seul. Il a de la famille.
Deux vieux grands-oncles, deux ! Et je voudrais aussi

Pour tous les deux, le gîte et la pâtée ici.
Mais, naturellement, en rognant sur mes gages.

NANET

Combien?

BIBUS

Je m'en rapporte à toi.

NANET

C'est des langages,
Tout ça. Dis combien.

BIBUS

Non, dis toi-même.

NANET

Non, toi.

BIBUS

Tiens, demande à ta femme, et son prix fera loi.

NANET

Soit. Tope!

BIBUS

Tope!
(Retenant Nanet prêt à rentrer.)
Attends!

NANET

Encore des surprises !

BIBUS, à part, tourné vers la grange.

Vous, mes gaspards, je vais vous en tailler des grises!

(Haut, à Nanet.)

Le secret que j'avais à te glisser tout bas,
Le secret du secret, tu ne t'en doutes pas.
C'est que nos deux anciens, mets ça dans ta profonde,
Sont les plus fins bergers que je connaisse au monde.
Ah! si tu les avais, ceux-là!... Mais, pas moyen!
Des caboches! Ils ont juré que rien de rien
Ne les rengagerait à garder les ouailles.
Et quand on veut leur en parler, des bringuenailles!
Ça vous fait l'innocent, le Nicodème enfin.
Mais quels fins bergers! Ah! les fins... des fins... du fin!
Seulement, entre nous, bien entendu. N'en sonne
Pas un mot, pas le moindre, à personne.

NANET

A personne,
Sois tranquille!

BIBUS

Fais-en, si tu peux, ton profit.
Dis-le même, au besoin, à ta femme.

NANET

Suffit.

(Il rentre dans sa maison en réfléchissant.)

# SCÈNE X

## BIBUS, puis BRUIN

BIBUS, se frottant les mains.

Allons, tout marche dret comme quand ça s'arrange.

BRUIN, arrivant par la grand'porte et prenant d'abord Bibus pour Nanet.

Eh bien! Nanet, ce foin est-il tout dans la grange?
(Reconnaissant Bibus qui s'est retourné.)
Ah! ce n'est que toi!

BIBUS

Oui.

BRUIN

Mes cousins n'y sont pas?

BIBUS

Si fait. Ils sont en train d'achever leur repas.

BRUIN

Ils y mettent le temps!

BIBUS

Leur tâche est terminée.

BRUIN

Non. Ils m'ont fait cadeau de leur demi-journée,
Pour labourer ma vigne en famille.

BIBUS

Et gratis,
Hein! Ah! tu t'y connais, en *ora pro nobis*
Et pour te faire aider sans te mettre en dépense.

BRUIN

Mais on s'aide les uns les autres : ça compense.

BIBUS

Ils sont trois, et tu n'es rien qu'un.

BRUIN

                              Fort comme trois!
Et même plus! Et puis, j'ai quasiment des droits
Sur eux, puisque je veux épouser Jouvenette.

BIBUS

Tu veux!... Mais, elle?

BRUIN

                      Bah! la cousine est honnête
Et ne se mariera qu'au gré de ses parents.
Ils sont pour moi. D'ailleurs, personne sur les rangs!
Ceux qui s'y sont risqués savent ce qu'on y risque.
Qu'on y vienne! Je coupe! Atout!
                    (Montrant successivement ses deux poings.)
                              L'as! Et la brisque!

BIBUS

Tu n'es qu'un brutal.

BRUIN

            Moi! J'ai des poings. Je m'en sers.


SCÈNE XI

LES MÊMES, NANET, puis PAULIN et LUCAS


NANET, sortant de la maison.

Bonjour, Bruin.

BRUIN

            Ah çà! vous mangez des desserts,
Donc, aujourd'hui?
            (Sort à son tour Paulin.)

NANET

Pourquoi, mon cousin?

BRUIN

Et ma vigne?

PAULIN

Eh bien! quoi! Nous venons.

LUCAS, sortant à son tour.

Est-ce qu'on y rechigne?

BRUIN

Mais la demi-journée est en route.

LUCAS ET PAULIN

Allons-y!

NANET

Allons!


# SCÈNE XII

LES MÊMES, THÉRÈSE

THÉRÈSE, sur le pas de la porte.

Tu n'y vas pas, toi, mon homme?

BRUIN, fronçant le sourcil,

Hein!

NANET

Mais si,

Puisque c'est promis, femme.

BIBUS, montrant Bruin.

Et regardez, Thérèse!
Le cousin fait des yeux comme un chat dans la braise.
Lui marchander Nanet, c'est lui voler du sien.

BRUIN

Mêle-toi donc de tes affaires, toi, l'ancien!

BIBUS

C'est affaire aux anciens, quand un jeune homme pêche,
De le lui dire en face, et rien ne m'en empêche,
As-tu compris?

NANET, s'interposant.

Voyons, ne vous chamaillez pas!
Allons travailler!

BRUIN

Oui, ça vaut mieux. Oh! les gas!
(Ils se dirigent tous vers la grand'porte.)

BIBUS, à part.

Toi, je te garde un chien de ma chienne en gésine.
(Nanet, Paulin et Lucas sortent.)

BRUIN, se retournant avant de sortir.

Avec tout ça, je n'ai pas même... Hé! ma cousine!
Jouvenette! Bonjour!

# SCÈNE XIII

## LES MÊMES, JOUVENETTE

JOUVENETTE, du fond de la maison, sans se montrer, et d'une voix
indifférente.

Bonjour, cousin, bonjour!

BIBUS, à part.

La brisque et l'as! Heureux au jeu, pas en amour,
Je t'en réponds.
(Jouvenette est sortie et Thérèse lui montre Bibus.)

JOUVENETTE

Bonjour, Bibus!

BIBUS

                    Bonjour, la belle!
Toujours ces fins cheveux couleur de mirabelle,
Et ces yeux, qu'on dirait deux étoiles en fleur!

JOUVENETTE

Et vous, père Bibus, toujours vieux cajoleur!

BIBUS

Point! La vérité pure, ou le diable m'emporte!
(A Thérèse.)
Regardez! Est-ce frais! Rose!

JOUVENETTE

                    Si je me porte
Comme un charme, c'est bien à vous que je le dois.

BIBUS, avec un geste de dénégation.

Bouh! bouh!

THÉRÈSE

        Mais si!

JOUVENETTE

                    J'étais, n'est-ce pas, à deux doigts
De la mort! Tu me l'as, dans ma convalescence,
Assez dit!

THÉRÈSE

Jamais trop pour ma reconnaissance.

JOUVENETTE, triomphante, à Bibus.

Ah!

BIBUS

Vous exagérez! Je n'en ai pas fait tant!

THÉRÈSE, s'attendrissant au fur et à mesure qu'elle parle, et, à la fin, éclatant en sanglots.

Peut-on parler ainsi! Quand j'y pense, pourtant!
Dire que j'ai failli la perdre, elle, si rose,
Si fraîche, à quinze ans! Ah! c'est une dure chose,
Allez, Bibus, auprès d'une enfant de quinze ans
De prier comme on fait pour les agonisants,
Et de la voir qui va passer, là, tout à l'heure...

JOUVENETTE, sanglotant aussi et l'embrassant.

Oh! maman!

BIBUS

Mais, bon Dieu, c'est-il pour qu'on en pleure,
Puisque la voilà drue, et gaillarde et d'aplomb.

THÉRÈSE

Grâce à vous!

JOUVENETTE

A vous seul!

BIBUS

Je n'en sais pas si long!
Va, rends grâce surtout à ta mère chérie.

Je t'ai soignée, et c'est elle qui t'a guérie.
(D'un ton bourru.)
Mais il ne s'agit plus de ça pour le moment.
Et notre affaire?

THÉRÈSE

Ah! oui, c'est vrai.

BIBUS

Le logement,
Et la pitance, pour... trois, dont deux vieux, ça monte
À combien?

THÉRÈSE

Mais, Bibus, et le vôtre, de compte?

BIBUS

Le mien! Quel?

THÉRÈSE

Quel? Celui dont il ne faut jamais
Qu'on vous parle! Monsieur, qui fait le fier! Ah! mais!
Je serai fière aussi. Je vous tiens, mon bonhomme.
Et cette fois, màtin, et vrai comme on me nomme
Thérèse, vous allez passer par où je veux.
Quand ils seraient des tas et des tas, vos neveux,
Avec leurs oncles, vieux ou jeunes, je m'en moque,
Ils auront chez nous gîte, et soupe à pleine moque,
Et boire, et, par-dessus, toutes nos amitiés,
Et gratis, et tant mieux si c'est des mois entiers,
Et nous pourrons au bout dire à combien ça monte,
C'est encor moi qui vous redevrai sur le compte.

BIBUS

Ah! des bêtises!

JOUVENETTE

Vieux, vous voilà pris. Bien fait!
Vous doutiez de quel bois la mère se chauffait,
Hein! Eh bien! c'est celui dont se chauffe la fille.
Attrape! Vous verrez comme on sera gentille
Pour le neveu, pour les grands-oncles et pour vous!

BIBUS

Oh! les grands-oncles, pas la peine! Deux vieux fous!

THÉRÈSE, bas à Bibus, en souriant.

Oui, oui, je sais. Nanet m'a dit leurs turlutaines.

JOUVENETTE

Et le gas?

BIBUS

Avec lui qu'on prenne des mitaines,
Je veux bien. C'est un gas, dame, pas très rétu.
Un maladin, qu'il faut soigner soigneras-tu.
Une tête trop grosse, et le reste débile!

THÉRÈSE

Comme sa mère doit se faire de la bile!
Ah! je la vois d'ici pleurer quand il partit!

JOUVENETTE

Sûr.

BIBUS

Il est orphelin.

THÉRÈSE

Hélas!

JOUVENETTE

Pauvre petit!

BIBUS

J'ai connu ça jadis, et la chose est amère.

JOUVENETTE

Oh! nous lui servirons toutes les deux de mère,
N'est-ce pas, maman?

THÉRÈSE

Certe. On fera de son mieux.

JOUVENETTE, à Bibus.

Ainsi qu'on m'a soignée, on le soignera, vieux,
Et nous vous le rendrons guéri, fort comme un chêne.
Mais quand, leur arrivée, à tous?

BIBUS

Plus que prochaine,
Autant dire passée. Ils ne sont pas bien loin.

THÉRÈSE ET JOUVENETTE

Où donc?

BIBUS

Ici.

THÉRÈSE ET JOUVENETTE

Comment!

BIBUS, leur montrant la grange ouverte.

Ici! Dans votre foin.

Ils dorment. Regardez!
(Jouvenette et Thérèse ont couru vers la grange.)
Chut!
(Elles s'arrêtent à quelques pas de la porte.)
Près de la première
Rangée à gauche, là, sous le rais de lumière,
C'est lui.

THÉRÈSE, regardant.

Comme il est pâle, et chétif, et défait!

JOUVENETTE, regardant aussi.

Oui! Cependant, vois donc! Peut-être est-ce l'effet
De ce rais de lumière où son front s'illumine;
Mais, quoique pâle, il a, je trouve, grande mine,
Quelque chose de fier à la fois et de doux,
Un je ne sais quel air que l'on n'a point chez nous;
On dirait de l'or fin dont sa tête est coiffée;
Et le prince est ainsi dans les contes de fée!
(Elle reste comme en extase.)

(Rideau.)

# ACTE TROISIÈME

## A l'orée d'un bois.

Aux premiers plans, à droite et à gauche, grands arbres qui se rejoignent au-dessus de la scène. — Par terre, troncs d'arbres moussus pouvant servir de sièges. — Au premier plan, au tiers de droite, un arbrisseau en buisson, au-dessus d'un de ces troncs moussus.— Au fond, les deux tiers de droite en bois taillis. — Au fond à gauche, la plaine. — Entre la plaine et la scène, et en nature, l'amorce d'un parc à moutons, avec des moutons parqués. A droite, sous le commencement du taillis, une cahute roulante de berger.

## SCÈNE PREMIÈRE

### TRUGUELIN, AGÉNOR

(Agénor est au fond, à regarder les moutons.

**TRUGUELIN,** à droite, d'une voix tonitruante.

Agénor! Agénor!... Il est sourd.

**AGÉNOR,** s'avançant.

Pas encor!
Mais si vous m'appelez comme on sonne du cor,
A l'être ainsi qu'un pot je ne tarderai guère.

**TRUGUELIN**

Quittez ce ton badin. Je le trouve vulgaire.

**AGÉNOR,** montrant successivement lui-même, puis Truguelin.

Vulgaire! Entre Guillaume et Colas que voici,
Puisque depuis huit jours on nous dénomme ainsi.
(Le poussant du coude, à la paysanne.)
Hein! vieux frère!

TRUGUELIN

Pardon!... Au sein de ce silence,
Cher, je vous autorise à me dire : Excellence!

AGÉNOR, d'un ton dégagé, et souriant, tout près de lui.

Excellence !

TRUGUELIN, se rengorgeant.

Ah!... Encor!... Plus large!... Et de plus loin,
Voulez-vous?

AGÉNOR, plus emphatique et à distance.

Excellence !

TRUGUELIN, triomphant.

Ah!... J'en avais besoin!

AGÉNOR

Votre Excellence va croire que je badine
Derechef; mais j'avais moi-même, à la sourdine,
Besoin de dire, et même, en faisant les trois pas,
Avec le grand salut...

TRUGUELIN

Ne vous retenez pas !
Allez!

AGÉNOR

C'est me combler.
(Se reculant, puis revenant avec trois grands pas, un rond de jambe final, et faisant décrire à son chapeau un moulinet de salut.)
Daigne Votre Excellence...

## SCÈNE II

### LES MÊMES, LE PRINCE

(Le prince est entré par le fond, à gauche, et il a vu Agénor exécuter sa révérence cérémonieuse. Il a l'allure à présent vive et joyeuse.)

LE PRINCE, à Truguelin.

Quel étrange encensoir au nez on vous balance!
Et que jouez-vous là? Des scènes de Guignol?
Avez-vous vu Bibus? Il cherche un rossignol
Qui doit avoir son nid par là...

(Il montre les bois taillis.)

TRUGUELIN, aimable.

Dans le bocage!

LE PRINCE

Et que pour Jouvenette on voudrait mettre en cage.
Est-ce que vous l'avez entendu chanter?

AGÉNOR

Qui?

Bibus?

LE PRINCE

Non, l'oiseau.

TRUGUELIN

Ah! ça qui fait : ki, ki, ki!

LE PRINCE, indigné.

Taisez-vous.

TRUGUELIN

Mais c'est ça qu'il faisait tout à l'heure...

LE PRINCE

Ah! fi! Parler ainsi du rossignol qui pleure!
Vous n'êtes pas honteux! Traiter de la façon
Cette délicieuse et magique chanson,
Si belle, qui tantôt s'extasie en fusées
Égrenant un rosaire aux perles irisées,
Et tantôt se lamente avec le sanglot lent
D'un violon pâmé sous un archet dolent,
Et qui, dans la forêt nocturne qu'elle enchante,
A l'air d'être la nuit elle-même qui chante!
Ah! profanes! Cœurs secs! Vous n'avez donc rien là?
                                    (En se frappant le cœur.)

TRUGUELIN

Votre Altesse vraiment a pris vite le la!
Un tel enthousiasme!

AGÉNOR

Et pour si peu de chose!

TRUGUELIN

Voilà, certe, en huit jours, une métamorphose!...

LE PRINCE

Une métamorphose, en effet! Je me sens
Devenir un autre homme aux effluves puissants
De cette libre vie en plein air. Mes prunelles
S'ouvrent à ces clartés qui fleurissent en elles.
Dans mes veines mon sang galope, alerte, gai.
Plus de ces lourds ennuis où j'étais fatigué

Sans avoir rien fait! Plus de ces langueurs funèbres
Où j'errais comme une ombre en de blêmes ténèbres!
Au dehors, au dedans, tout me sonne l'éveil.
Ma résurrection marche dans du soleil.

TRUGUELIN

Voilà qui va des mieux!

AGÉNOR

Peste! Pour une cure,
C'est une cure.

TRUGUELIN

Enfin, à parler sans figure,
On voit que monseigneur est amoureux.

LE PRINCE

Qui? Moi!

AGÉNOR

Indubitablement.

TRUGUELIN, se frottant les mains.

Donc, nous aurons un roi.

LE PRINCE

Mais je ne comprends pas du tout!...

TRUGUELIN

Bon! Je m'explique.
Votre Altesse a fini d'être mélancolique.
Vivre lui plaît. Régner ne lui déplaira point.
Épouser non plus. Donc, Votre Altesse est à point.

6

AGÉNOR

Voilà!... Quant au tendron, grâce à qui tant de glace
Se change en feu, cela me regarde. Sa place
Étant tout indiquée auprès de monseigneur,
Je reprends mon emploi, grave, et j'aurai l'honneur
De lui dire qu'elle est la favorite en titre.

LE PRINCE

Monsieur le chambellan, vous êtes un bélître.

AGÉNOR, avec un haut-le-corps.

Oh!

TRUGUELIN, au prince.

Mais tout à merveille, ainsi se combinait.
Époux d'Arabella...

LE PRINCE

Vous êtes un benêt.

TRUGUELIN

Benêt, moi!

LE PRINCE

Vous. Et plus un seul mot, je vous prie.
J'aime à croire que c'est une plaisanterie;
Mais n'y revenez pas. Elle est de mauvais goût.

TRUGUELIN

Votre Altesse est cruelle, et me peine beaucoup.

AGÉNOR

Et moi donc! Recevoir « bélître » en plein visage!
Ah!... Un vieux serviteur, gardien d'un vieil usage!

LE PRINCE, apparaissant...

Eh ! Quelle idée absurde aussi, vous avez là !

TRUGUELIN

Absurde, d'épouser ma fille Arabella !

LE PRINCE

Non ! Il ne s'agit pas de ça. C'est l'autre chose !
Prétendre que je suis amoureux.

TRUGUELIN

Mais, je l'ose,
Fussé-je d'un nouveau « benêt » apostrophé !
Et l'on sait bien de qui monseigneur est coiffé.

AGÉNOR

Même un aveugle, avec caniche et clarinette,
Cela lui sauterait aux yeux.

TRUGUELIN

La Jouvenette...

LE PRINCE

Ah ! permettez ! C'est la fille d'un paysan,
Pas davantage, soit ! Toutefois, parlez-en
Sur un ton un peu moins familier envers elle.
Dites : Mademoiselle.

TRUGUELIN

Eh bien ! mademoiselle
Jouvenette, de qui, j'en conviens, les appas...

LE PRINCE

Ou plutôt, non, tenez, assez! N'en parlez pas!
Du tout! C'est singulier; mais ce nom, sur vos lèvres,
M'agace. Je crois voir un fin biscuit de Sèvres
Manié par les doigts grossiers d'un brocanteur.

TRUGUELIN

Monseigneur aujourd'hui n'est pas complimenteur.

AGÉNOR

Pas très.

LE PRINCE

          D'ailleurs, tous deux, vous m'ennuyez, et ferme!
Pourquoi n'êtes-vous pas à la ferme?

TRUGUELIN

                              A la ferme
On nous a dit que vous nous demandiez ici.

LE PRINCE

On s'est moqué de vous.

AGÉNOR

          C'est tout le temps ainsi.

LE PRINCE

Eh bien! consolez-vous l'un l'autre.

UNE VOIX, au lointain.

                    Hop!

LE PRINCE, montrant les bois.

                              Silence!
C'est l'appel de Bibus qui là-bas me relance.

LA VOIX

Hop!

LE PRINCE

Il a dû trouver le nid.
                (Criant vers le lointain.)
                        Et hop! Et ho!
        (Battant des mains.)
Ah! que je suis content! Elle l'aura, l'oiseau!
        (Il sort en courant et en criant.)
Et ho!


## SCÈNE III

LES MÊMES, moins LE PRINCE

AGÉNOR

Vous m'en voyez figé comme une cire.
Ah! ce monarque en herbe est un drôle de sire.

TRUGUELIN

Mais non, n'en soyez pas figé. Pauvre cerveau,
Vous ne comprenez pas que c'est le renouveau
Qui le travaille.

AGÉNOR

Ainsi que moi, j'ose le dire.

TRUGUELIN

Oui, l'on a dans ces bois une âme de satyre.

AGÉNOR

Quoi! Vous aussi!

TRUGUELIN

Moi-même, Agénor, par moments.

AGÉNOR

Vous, un penseur!

TRUGUELIN

C'est vrai!... Calmons ces mouvements
Dans ton bain de tilleul, austère politique !
(D'un air profond.)
Que le prince, un beau jour, devint moins...

AGÉNOR

Flegmatique...

TRUGUELIN

C'était mon plan. Mon plan suit son train, bien ourdi.
Le prince, par sa gueuse une fois dégourdi,
Il épouse ma fille, et je tiens le royaume.
(Triomphalement.)
Qu'en dis-tu, Machiavel?
(Il se met à marcher vers le fond, en parlant de temps à autre à Agénor, puis revient, en s'absorbant dans sa pensée, tandis qu'Agénor reste immobile, à le contempler stupidement.)


SCÈNE IV

LES MÊMES, THÉRÈSE.

THÉRÈSE

(Elle est entrée en se dissimulant derrière le buisson de droite, et elle les a regardés aller et venir.)
C'est le père Guillaume
Le plus finaud, avec son nez en échalas.
Ah! si l'on pouvait voir seul le père Colas.
Mais pas moyen! Ils sont toujours soudés ensemble.

Nanet m'a donné là du tintouin, il me semble.
Puisque ça ne veut pas dire que c'est berger,
J'y perdrai ma salive et sans les engager.
Enfin, puisque Nanet a ça dans sa caboche!
(Haut, et en touchant le coude d'Agénor.)
Eh! vieux, vous êtes là planté comme une pioche.

AGÉNOR, délicieusement surpris.

Tiens! la fermière!

THÉRÈSE, à Truguelin, qui arrive sur elle, le front dans sa main.

Et vous, qu'allez-vous ruminant?

TRUGUELIN, les yeux allumés.

Crâne femme!

THÉRÈSE, voyant qu'ils restent tous deux à la regarder sans rien dire.

Êtes-vous deux muets, maintenant?

AGÉNOR

Non pas.

TRUGUELIN, poussant Thérèse un peu.

Oh! pas du tout, la belle.
(A part, Thérèse l'ayant regardé, surprise.)
Elle me guigne.

AGÉNOR, à part, après qu'elle l'a regardé pour savoir ce qu'a Truguelin.

Elle me lance un œil!

THÉRÈSE, à part, voyant qu'ils se regardent l'un l'autre.

Il faut être maligne.
Ils sont méfiants.
(Haut.)
Mais, que faites-vous par là?

TRUGUELIN

Rien.

AGÉNOR

Rien.

TRUGUELIN ET AGÉNOR

Et vous?

THÉRÈSE, embarrassée.

Oh! moi, pas plus que vous. Voilà.

AGÉNOR, désignant un arbre renversé.

Seyez-vous!

TRUGUELIN

Oui.

THÉRÈSE

Pourquoi?

TRUGUELIN

Faire un bout de causette.

AGÉNOR

Dame!

THÉRÈSE, s'asseyant.

Vous êtes bien agréables, mazette.

TRUGUELIN, s'asseyant à la droite de Thérèse.

Pas tant que vous!

AGÉNOR, s'asseyant à la gauche de Thérèse.

On peut le dire.

THÉRÈSE, bravement.

Alors, chez nous,
Vous ne vous trouvez pas trop mal?

AGÉNOR, prenant l'accent paysan.

Mal! vertuchoux!

TRUGUELIN, à part.

Oui, parlons paysan! Ça fait bien. (Haut.) Mal! morguenne!

AGÉNOR, même jeu.

D'un qui n'est pas content ai-je donc la dégaine?

TRUGUELIN, même jeu.

Et moi, n'ai-je pas l'air d'un tout à fait joyeux?

AGÉNOR, montrant sa mine.

Reluquez-moi ce teint!

TRUGUELIN, montrant ses yeux.

Mirez-vous dans ces yeux!

THÉRÈSE

Oui, vous avez, ma foi, la trogne enluminée.
(A part.)
Auraient-ils bu? Tant mieux, fichtre!
(Haut, et d'un air aimable, en distillant ses mots.)
Alors, pour l'année,
Vingt pistoles, ça vous parait-il engageant?
Vingt!

TRUGUELIN, à part.

Elle veut payer!

AGÉNOR, idem.

Elle offre de l'argent!

TRUGUELIN, idem, et en se frottant les mains.

O la corruption des champs!

AGÉNOR, idem.

Quelles mœurs! Peste!

THÉRÈSE, à part.

Ils réfléchissent. Bon!

(Haut.)
Et sans compter le reste;
La dîme sur la tonte, oui, la dîme; et nourris,
Comme d'usage.

TRUGUELIN

Ah çà! vous y mettez le prix,
Chez vous!

THÉRÈSE

Sûr.

AGÉNOR

Carrément, comme ça, sans vergogne?

THÉRÈSE, très simplement.

Il faut bien, quand on veut de la bonne besogne.

TRUGUELIN, se levant, effaré.

Diable!

AGÉNOR, même jeu.

Diantre!

THÉRÈSE

Et l'on sait que vous êtes de ceux
Qui, lorsque ça leur plaît, n'y sont pas paresseux.

*Les prenant par la main et les faisant rasseoir à ses côtés.*

Allons, avouez donc! Ne faites point la bête!
Je vous dis que je sais. L'occasion est prête.
Prenez-la. Tous les deux au besoin, par moitié.

TRUGUELIN ET AGÉNOR, *se levant d'elle, sans se lever.*

Tous les deux!

THÉRÈSE

Entre vous, c'est de bonne amitié.

Deux frères!

TRUGUELIN

Bah! tant pis!

AGÉNOR

Entrons dans la carrière!

*Ils la prennent tous les deux par la taille. Elle reste d'abord stupéfaite, puis se
lève et leur administre des deux mains un grand soufflet à chacun.*

TRUGUELIN

Hein!

AGÉNOR

Quoi!

TRUGUELIN ET AGÉNOR

Qu'est-ce que c'est?

THÉRÈSE

C'est deux tiretarrière.
S'il vous en faut encor pour faire vis-à-vis,
Vous n'avez qu'à parler et vous serez servis.
En voilà deux vieux fous! Ça se croit jeune drille!
On vous rebroussera le poil à contre-étrille.
Attendez donc que j'en touche un mot à Nanet.
Il vous rentrera, lui, le nez dans le bonnet.

TRUGUELIN

Mille excuses!

AGÉNOR

Pardon!

TRUGUELIN

Une erreur!

AGÉNOR

Qu'on regrette!

THÉRÈSE

Bon! bon! D'ailleurs, s'il faut vous raplatir la crête,
Je suis là, sans avoir mon homme à déranger;
Et tout malin qu'on est quand on est fin berger,
Je vous apprendrai, moi, messieurs les niquedoules,
Que les coqs déplumés ne font point peur aux poules.
(Faisant une révérence.)
A l'avantage! Et sans rancune aucune, vieux!
Quand vous voudrez encor vous réclaircir les yeux,
A vos ordres! De mes deux mains! Passez près d'elles,
Et vous aurez gratis vos trente-six chandelles.
(Elle sort par la gauche.)


SCÈNE V

LES MÊMES, moins THÉRÈSE

AGÉNOR

C'est une fois de plus qu'on vient de nous rouler.

TRUGUELIN

Il serait puéril de le dissimuler.

AGÉNOR

Aussi quel vertigo libidineux vous pince !
A votre âge !

TRUGUELIN

Et vous, donc !

AGÉNOR

                    Moi, je ressemble au prince.
Je me sens reverdi de désirs renaissants,
Poétique.

TRUGUELIN

Le même état où je me sens.

AGÉNOR

On est tendre.

TRUGUELIN

On est fol.

AGÉNOR

On cherche une compagne.

TRUGUELIN

Il faut croire que c'est l'effet de la campagne.
(Tous deux courent vers le côté par où est sortie Thérèse et gesticulent avec
une main sur le cœur, en se tortillant.)

AGÉNOR

O Thérèse !

TRUGUELIN

O bel ange !

## SCÈNE VI

### LES MÊMES, LE PRINCE, BIBUS

(Le prince et Bibus arrivent par la droite. Bibus porte à la main une toute petite cage en jonc, garnie de mousse et de verdure.)

LE PRINCE, qui les voit en entrant.

Encore à leur guignol!

TRUGUELIN, accourant vivement.

Il est pris?

AGÉNOR, même jeu.

On le tient?

BIBUS

Qui ça?

TRUGUELIN ET AGÉNOR

Le rossignol.

BIBUS

Oui donc. Là, regardez! Dans le coin de la cage.

AGÉNOR

Pensez-vous qu'il en est d'autres...

TRUGUELIN

Dans le bocage?

LE PRINCE

Pourquoi?

TRUGUELIN ET AGÉNOR

J'en voudrais un.

BIBUS

Eh! les deux ébaubis!
C'est l'heure de mener boire un coup les brebis.
Conduisez-les au ru pour voir si nous y sommes.
Vous êtes, comme on dit, je crois, pasteurs des hommes.
Tâchez d'être pasteurs des bêtes, pour changer.
Allons, ho! Apprenons ce métier de berger.
Nous avons à causer, nous. Vous, à la besogne.
Ce n'est pas trop malin, n'ayez crainte! On décogne
Le grand clayon. On dit : « Prr! prr! tiens, bergeot, tiens! »
Le troupeau sort. On laisse, après, faire les chiens.
On suit. Pour revenir, les choses sont pareilles.
« Prr! prr! tiens, bergeot, tiens! » Vous avez quatre oreilles;
Donc, entendu, compris. Marchez. Nous regardons.
Si ça ne va pas dret, vous êtes deux dindons.

TRUGUELIN, au prince.

Mais, prince...

LE PRINCE

Obéissez!

TRUGUELIN

Enfin!... je m'y résigne :
Mais c'est dur.

LE PRINCE, à Agénor.

Vous, de même.

AGÉNOR

Oh! moi, quelque consigne
Qu'on me donne, on m'y voit toujours obtempérer.
Je sais souffrir et me taire sans murmurer.
                    (Tous deux sortent du côté du parc à brebis.)

## SCÈNE VII

### BIBUS, LE PRINCE

BIBUS

Là, comme ça, fiston, nous avons place nette.
Le soleil est bas. C'est l'instant où Jouvenelle
Va venir nous porter la pitance du soir.
Nous pourrons tous les trois là-dessus nous asseoir,
Et nous entretenir de ce qui nous agrée
Sans avoir entre nous toute leur simagrée.

(On voit paraître Truguelin et Agénor qui ont fait le tour du parc et en cherchent l'entrée.)

Eh bien! Quand vous ferez tout le tour des clayons!

(Ils se sauvent, et il continue à leur parler de loin, en criant, sans qu'on les voie.)

C'est le plus grand, là-bas, qu'on décogne, voyons!...
Oui, celui-là!... Tirez!... Grouillez donc de la porte!
Si vous restez devant, pas moyen que rien sorte...
Bien!... Parlez aux brebis!

AGÉNOR, à la cantonade.

Prr! prr! tiens, bergeot, tiens!

BIBUS, item.

C'est ça.

TRUGUELIN, à la cantonade.

Prr! prr!

LES CHIENS, à la cantonade.

Ouah! ouah!

BIBUS

N'ayez pas peur des chiens!
Suivez! Suivez! En route, allez, mauvaise troupe!

(Revenant vers le prince qui s'est assis sur l'arbre à droite.)

C'est de bon cœur, hein, fieu, qu'on va manger la soupe!

LE PRINCE

Oui. Depuis le matin qu'on court dans la forêt,
On a faim. Je me sens un appétit d'ogret.

BIBUS, ne comprenant pas.

D'ogret?

LE PRINCE

De petit ogre.

BIBUS

Ah! bon! Le mot pour rire!
J'aime ça! Sans compter qu'on aura de quoi frire
Au repas de ce soir, dimanche, sauf erreur.
C'est le jour de la soupe aux choux, mon empereur!
Et vous n'en aviez pas chez vous, quoique à votre aise,
Comme celle qu'on fait chez la maman Thérèse.
Et sans compter non plus que l'autre, en l'apportant,
Vous la rendra plus chère et meilleure d'autant.

LE PRINCE

Mais, Bibus...

BIBUS

Mais Bibus y voit clair par la brèche.
Et ça s'accorde bien, petit ogre et chair fraîche.
A quoi bon avec moi faire le cachottier?
Ouvrez-moi donc, petit, votre cœur tout entier.

LE PRINCE

Vraiment, je ne sais pas me l'ouvrir à moi-même.
Oui, Jouvenette est douce et charmante. Elle m'aime
Comme une sœur; pendant les quatre premiers jours
Que je restai malade à la ferme, toujours

7

Elle et sa mère, avec des mines attendries,
Étaient pleines pour moi de soins, de gâteries,
Et de soins délicats, bons, plus qu'intelligents.
D'ailleurs, ils sont si bons, tous! Ah! les braves gens!
Certes, pour commencer, l'abord semble un peu rude,
Presque brutal, quand on n'en a pas l'habitude.
Mais sous cette rugueuse écorce (oh! pas bien loin)
J'ai si vite trouvé ce dont j'avais besoin,
La pitié, la candeur, l'affection sincère,
Le mutuel recours dans l'humaine misère.
Ah! combien ce que tant de livres m'ont appris
Près de leur ignorance était d'un pauvre prix!
Être bon! La bonté, voilà ma foi nouvelle.
Car je sais désormais que ma triste cervelle,
Grosse et vaine d'un lourd fatras... sophistiqueur,
N'en savait pas autant qu'en sait leur simple cœur.
Vous le voyez, je vous parle du fond de l'âme.
Hélas! en un parler peut-être qui déclame,
Car je me sers de mots tout faits, lus, et trop grands
Sans doute...

BIBUS

Ils sont un peu..., oui! Mais je les comprends.
Sous l'écorce à gros nœuds votre œil, à vous, devine ;
Le mien devine aussi, sous l'écorce trop fine.
Ce que vous avez dit, en mots lus ou pas lus,
Est senti : je ne vous en demande pas plus.
Votre guérison, fils, est à présent certaine.
Vous avez trouvé l'eau de la bonne fontaine.    .
Buvez-en désormais à tire-larigo !
Ce qui ne marchait pas marchera tout de go.
Et pour bien débuter, mon petit camarade,
Retournons où j'étais avant votre...
                              (Il hésite, cherchant son mot.)

LE PRINCE, avec un sourire amer.

Tirade,
N'est-ce pas? Ma tirade, oui, vous avez raison.

BIBUS

Tirade!... Moi, j'aurais plutôt dit : oraison.
Et, là-dessus, deux mots, en passant, sur le pouce !
C'est un regain du mal, tenace, et qui repousse,
Que ces revenez-y sur vous-même, en moqueur.
Ne serait-ce point ça, d'être... sophistiqueur?
Enfin, passons ! Suffit que je vous mette en garde.
Arracher ce mauvais regain, ça vous regarde.
Retournons à nos fleurs! A Jouvenette, quoi !
Vous ignorez si vous l'aimez, donc ! Eh bien ! moi,
Je dis que oui.
(Sur un geste du prince qui veut interrompre.)
Si, si ! Je vois quel grain je sème.
Vous l'aimez ! Et je dis aussi qu'elle vous aime.
(Nouveau geste et même jeu du prince.)
Taisez-vous ! Et je dis, qui plus est, que c'est bien,
Et que vous ne saurez encore rien de rien
Tant que vous n'aurez pas dans ce cœur qui s'éveille
Senti poindre la vraie et l'unique merveille,
Le grand miracle, auquel ne s'en compare aucun,
Celui d'être à la fois deux et de n'être qu'un.
C'est aussi là des mots tout faits que je répète,
Bien sûr, et mal, n'étant, moi, qu'une vieille bête ;
Mais plus jeune pourtant que vous, mon jeune gas,
Car en les répétant je ne m'en moque pas.
Et que ce soit tirade, ou non tirade, en somme
Qui ne les a jamais répétés n'est pas homme.
Et cet amour d'autrui, ce mutuel recours
Dont vous parliez et qui parfumait vos discours,
C'est dans l'amour à deux qu'en est l'apprentissage.
Aimer tout son prochain, très beau ! Mais il est sage

De s'y prendre d'abord par *aimer* humblement.
N'ayez pas plus grands yeux que grand'panse, gourmand!
Quel que soit le bouquet que votre cœur s'apprête,
Commencez donc par y mettre ma pâquerette
Qui s'offre à vous, et qui peut-être, on ne sait pas,
Est ce que vous aurez de meilleur ici-bas.

(Le prince lui serre affectueusement les deux mains.)

## SCÈNE VIII

### Les Mêmes, JOUVENETTE

JOUVENETTE, arrivant par la gauche, essoufflée. Elle a un grand chapeau
de paille, et porte par l'anse un haut pot de terre.

Bergers, voici la soupe!.. Ouf!... Que je prenne haleine!
J'ai couru d'une traite. Et la potée est pleine,
Lourde ; mais j'avais peur qu'elle se refroidit.

BIBUS, venant soulever le couvercle, et humant l'odeur.

Hum ! C'est la soupe aux choux. Qu'est-ce que j'avais dit?
(Au prince.)
Flairez-moi ça !

JOUVENETTE

Pour sûr, qu'elle sent bon ! Et grasse !

LE PRINCE, à Jouvenette.

Mais à courir ainsi vous devez être lasse.
(Lui désignant le tronc d'arbre de gauche.)
Reposez-vous !

JOUVENETTE, posant le pot près d'elle, puis s'asseyant
et ôtant son chapeau.

Merci, dame.
(Avec un grand soupir de soulagement.)
Ah !
(Après avoir regardé autour d'elle.)
Et les deux vieux ?

BIBUS, jovial.

Bah ! S'ils sont en retard, nous aurons plus, tant mieux !

JOUVENETTE, tâtant le pot, qu'elle pose ensuite par terre
derrière le tronc d'arbre.

Oh ! la soupe est bien chaude et peut encore attendre.

BIBUS

Pour ces hurlubiers-là, comme te voilà tendre !

JOUVENETTE

Les pauvres ! Tout le monde ici se gausse d'eux.
Soyez-leur charitable.

BIBUS

                    Eh ! l'es-tu pour nous deux,
De nous mettre au museau l'odeur de la dînée
Et nous laisser devant, la gueule enfarinée !
Nous avons une faim ! Et surtout le petit.
  (Au prince.)
N'est-ce pas ?

LE PRINCE

        Non, pas trop.

BIBUS

                    Ouette ! Et cet appétit...
D'ogret !

LE PRINCE, s'asseyant près de Jouvenette.

Oh ! ce n'est plus si fort que tout à l'heure.

JOUVENETTE

Et puis il a pitié des vieux. L'âme meilleure
Que vous !

BIBUS

Oh! je ne suis pas non plus bien méchant.
A preuve : espérons-les, soit!... Mais en débouchant
Quelque chose de bon pour prendre patience.

(Il va vers sa cahute et en tire une grosse dame jeanne garnie d'osier qu'il montre de loin.)

Tenez, ça !

(En revenant.)

Le trésor de vie et de science!
Quand on n'en prend pas trop, toutefois, et qu'on sait
La dose qu'il vous faut, juste.

LE PRINCE

Qu'est-ce que c'est ?

BIBUS,   d'un air de sorcier, mystérieux et par moments solennel,
lyrique, pour finir gaiement.

Mon élixir!... On n'est point sorcier pour des prunes.
Chacun a ses liqueurs, donc! Des blanches! Des brunes!
Mais la mienne! Couleur de la rose et du sang.
Et c'est l'âme du sol qu'on verse en la versant.
Un secret, mes enfants, oh! oh!... Mais je vous aime
Et vous dirai comment ça se fabrique. On sème,
A ras de terre, autour d'un petit vieux serpent
Qui se tortille avec des bras verts en grimpant,
On sème, écoutez bien! Quoi? De la sueur d'homme.
Beaucoup, dame, de la sueur, beaucoup, tout comme
S'il en pleuvait, le front coulant en arrosoir.
Et bien des jours, et dès le matin jusqu'au soir!
On y met du soleil aussi! De préférence
L'espèce qui pour nom a nom : soleil de France
Le petit vieux serpent tortillant ses bras verts,
Il lui pousse partout des mains, aux doigts couverts
D'ampoules noires qui sont pleines d'une eau claire.
On les coupe! On les jette à la faire lanlaire

Dans un cercueil de bois, où soi-même on descend.
On y chante des mots magiques, en dansant.
Et quatre mois plus tard à son tour on s'arrose
De l'élixir, couleur du sang et de la rose,
De l'élixir vivant, miraculeux, divin!...
Gardez-moi le secret!... Ça s'appelle du vin!

JOUVENETTE

Est-ce bête! Je m'y laissais prendre, à son conte.
J'écoutais pour de bon, moi!

LE PRINCE

                    N'en ayez pas honte.
J'ai fait de même.

JOUVENETTE

                    Alors, c'est nous deux que je plains.
Nous ne sommes, ni l'un, ni l'autre, des malins.

BIBUS, riant.

Eh! Eh!

JOUVENETTE, tâtant le pot.

                    Vous non plus, vieux. De votre comédie
Vous voilà bien payé: la soupe est refroidie.

BIBUS

Va, réchauffée, elle est meilleure. Un bout de feu,
Ce n'est pas long à faire...
                    (Il se met à ramasser du bois mort.)

## SCÈNE IX

### LES MÊMES, TRUGUELIN

TRUGUELIN, criant d'abord à la cantonade.

Au secours !
(En entrant par le fond à gauche.)
Ah ! mon Dieu !
Vite, Bibus !

BIBUS

Quoi donc?

TRUGUELIN

C'est un bélier fantôme !
Il l'a jeté dans l'eau !

JOUVENETTE

Qui? le père Guillaume?

TRUGUELIN

Non. Agénor.

JOUVENETTE

Comment, Agénor !

TRUGUELIN

Oui, dans l'eau !
Et ces chiens qui jappaient après moi ! Quel tableau !
Combien sont-ils?

BIBUS

Trois.

TRUGUELIN

Trois. On eût dit une meute.

BIBUS

Et les moutons?

TRUGUELIN

Eux ! Ah ! la révolte ! L'émeute !
J'avais beau faire : prr ! prr ! Tous, en tournoyant,
M'enveloppaient, criaient :
(D'une voix grêle.)
Bê !
(D'une voix terrifiée.)
C'était effrayant.
Et ce bélier surtout ! L'être extraordinaire !
Il a des cornes !... Deux !... Une voix de tonnerre,
Lui !
(D'une voix grave.)
Bê ! bê... Je me suis sauvé, vous comprenez...
Mais venez, venez vite !

BIBUS

Ah ! les deux vieux bornés !

JOUVENETTE, suppliante.

Bibus, l'autre est dans l'eau.

BIBUS

Bon ! bon ! Le sauvetage
N'est pas si dur ! Un pied de fond, pas davantage.
Le pire, ce n'est pas qu'il dessale sa peau,
C'est qu'il faut par les champs rattraper le troupeau.
Enfin !
(Au prince et à Jouvenette, avant de partir.)
Faites du feu, les petiots, pour la soupe.
(Bousculant Truguelin.)
Ho ! mais marchez donc, vous, vieux Riquet à la houppe !
(Il sort avec Truguelin par le fond.)

## SCÈNE X

### LE PRINCE, JOUVENETTE

(Jouvenette se met à ramasser du bois. Il la regarde faire, sans bouger.)

JOUVENETTE, ramassant du bois.

Vous n'en ramassez pas?

LE PRINCE

Quoi?

JOUVENETTE, même jeu.

Du bois!... Pour le feu.

LE PRINCE

Si.
(Il en cherche par terre.)

JOUVENETTE, même jeu.

Vous savez le faire.

LE PRINCE, même jeu.

Oui!... C'est-à-dire... peu.
Et même, à parler franc, pas du tout, je suppose.

JOUVENETTE, même jeu.

Qu'est-ce qu'on apprend donc chez vous?

LE PRINCE, même jeu.

Oh! pas grand'chose.

JOUVENETTE, même jeu.

Des brindilles, surtout, n'est-ce pas? Et bien sec,
Comme ça! Cassant.
(Montrant une branche qu'elle brise.)

LE PRINCE

Bon.

JOUVENETTE

                    Et de la mousse avec,
Si c'est possible.

LE PRINCE, avec un signe d'assentiment.

        Ah!

JOUVENETTE, trouvant la cage, posée par terre, derrière le tronc renversé
à droite.

            Tiens! Une cage perdue!
    (L'élevant en l'air et l'admirant.)
Elle est, ma foi, jolie. En jonc. Toute tendue
De feuillage. On dirait un gros nid vu de loin.
    (Elle la rapproche de son visage pour l'examiner de plus près.)
Ah! quel malheur! C'est un rossignol! Dans le coin,
Regardez! A travers les barreaux je le touche;
Il ne bouge pas. Mais, si doux, quel air farouche!
Comme ils sont tristes, ses beaux yeux tout grands ouverts!
Le pauvret! Il mourra, loin de ses arbres verts,
Loin de ses chers petits, loin de celle qu'il aime.
Il mourra de chagrin, et sans rien dire même,
Trop fier pour qu'en prison chante son libre chant.
Ah! celui qui l'a mis en cage est un méchant.

LE PRINCE

C'est vrai. Mais ce méchant, oh! bien involontaire,
Pardonnez-lui. C'est moi.

JOUVENETTE

                    Non! Voulez-vous vous taire!
Je ne vous crois pas. Vous, que tout le monde ici
A toujours vu si bon, si pitoyable, si...

LE PRINCE

C'est bien moi. Ma mauvaise action fut aidée.
On fit la cage. On prit l'oiseau. Mais j'eus l'idée.
Je voulais vous offrir un présent. J'espérais...

JOUVENETTE

Qui vous aida?

LE PRINCE

Bibus.

JOUVENETTE, très étonnée.

Lui!

LE PRINCE, rêveur.

L'a-t-il fait exprès?

JOUVENETTE

Pourquoi donc?

LE PRINCE

Ah! pourquoi! Tenez, je le devine.
Oui, ce doit être pour qu'une bouche divine
Donnant cette leçon m'en rehaussât le prix
Et m'apprît à chérir ce que j'aurais appris.

JOUVENETTE

Vous me parlez comme un qui lirait dans un livre.

LE PRINCE

Vous, bien mieux! En un clair parler qui me délivre
De la brume dernière où je vais me cherchant.
Car si je fus, sans y prendre garde, un méchant,
Ce n'est pas seulement pour ce chanteur sauvage,
Mais c'est pour ma pauvre âme aussi, qu'en esclavage

J'ai si longtemps gardée au fond de mon ennui,
Sombre, triste, les yeux grands ouverts comme lui,
Loin de ce qu'elle aimait, loin de tout cœur qui m'aime,
Si bien qu'en délivrant ce captif, c'est moi-même
A qui je rends l'essor vers le libre horizon,
Et que nous sommes deux à sortir de prison.
(Tout en parlant, il a ouvert la cage et rendu la liberté à l'oiseau qui s'envole
dans les arbres.)

JOUVENETTE, après un moment de silence.

Hélas! j'ai mal compris vos paroles, sans doute.
Et voilà cependant qu'elles me troublent toute.
Pourquoi? Vous qui parlez si bien, si mieux que moi,
Vous devez le savoir. Dites-moi donc pourquoi.

LE PRINCE

Oh! non, non, dites-le vous-même, je vous prie.
Les obscurs sentiments dont votre âme est fleurie,
Nul n'en exprimerait comme vous la candeur.
Ils perdraient, à travers mes mots, leur fine odeur.
Ils la conserveront toute à travers les vôtres.

JOUVENETTE, se laissant tomber assise sur le tronc d'arbre.

Mais les mots que j'emploie...

LE PRINCE, s'asseyant près d'elle.

                      Ah! n'en cherchez pas d'autres!
Ils sont les bienvenus. Ils sont les bien trouvés.
Dites-les! Dites-moi ce que vous éprouvez.

JOUVENETTE

Ce que j'éprouve est doux et triste tout ensemble.
C'est votre voix surtout qui me trouble, il me semble.
Oui, c'est cela, vraiment. Car, encore une fois,
Vos paroles me sont... très loin. Mais votre voix,

C'est quelque chose qui se plaint, qui me pénètre,
Qui... Je ne sais plus.

LE PRINCE

Si! Laissez-moi tout connaître.
Vous apprendre de vous m'est si délicieux!
Un nuage naissant monte dans vos beaux yeux.
Tâchez de découvrir ce qui le fait éclore.
Parlez! Écoutez-la, ma voix qui vous implore!
Répondez-lui. Cherchez d'où vous vient cet émoi,
Ce qui se passe en vous!

JOUVENETTE, presque effrayée.

Ce qui se passe en moi!

(Après une hésitation.)
Je ne peux pas.

LE PRINCE

La chose est donc très, très obscure?
(Elle fait signe que oui.)
Dites quand même!

JOUVENETTE

Eh bien! Je crois... Je me figure...
C'est comme ces chansons, que parfois on entend,
Lointaines, dont le sens vous échappe, et pourtant
Dont l'air vous prend au cœur et d'un accent si tendre,
Que sans avoir compris on pleure à les entendre.

LE PRINCE

Encor! Dites encor!

JOUVENETTE

Et c'est peut-être aussi
Parce que vous étiez, en arrivant ici,

Non pas fort comme sont nos gas, mais... le contraire;
Et vous me paraissiez être un très jeune frère
A qui je manquais plus qu'à mes frères d'avant.
(En se levant et en s'éloignant peu à peu.)
J'en suis sûre aujourd'hui, vous êtes un savant,
Plus haut que moi, dame! Et, c'est mal, c'est égoïste;
Mais, joyeuse de vous voir guéri, je suis triste
A songer que bientôt vous n'aurez plus besoin
De personne, et qu'alors vous vous en irez loin,
Quittant notre maison, tout en l'ayant chérie,
Comme l'agneau sevré quitte la bergerie.

LE PRINCE

Non, Jouvenette, non; le mal dont je souffrais,
Il a toujours besoin de vous, d'avoir tout près
Vos yeux riants, flambeaux de votre âme ingénue,
Et par qui la clarté dans ma nuit est venue.
Vous quitter, ce serait rentrer dans cette nuit,
Et plus affreuse encore, après l'aube qui luit.
Un savant, moi! Plus haut que vous! Non! Un pauvre être,
Voilà ce que je suis, certe, et veux vous paraître
Aujourd'hui comme hier, comme les premiers jours,
Et demain, et plus tard, Jouvenette, et toujours!

JOUVENETTE

Vous ne partirez pas, alors! Ah! quelle joie!

LE PRINCE

Je suis au paradis pourvu que je vous voie.
L'aube que j'attendais devant moi resplendit.

JOUVENETTE

Je comprends maintenant ce que vous m'avez dit.
Ce n'est plus votre voix seulement qui m'attire.

LE PRINCE

Je ne vous ai rien dit comme il fallait le dire.

JOUVENETTE

Puisque j'en suis contente ainsi, soyez content.

LE PRINCE

Un mot est dans mon cœur, et votre cœur l'entend.

JOUVENETTE

Le mien le dit aussi. Vous l'entendez de même.

LE PRINCE

Vous n'osez plus parler.

JOUVENETTE

Vous non plus.

LE PRINCE

Si!... Je t'aime.

(Il lui prend la tête et lui donne un long baiser.)


## SCÈNE XI

### LES MÊMES, BIBUS

BIBUS, arrivant par le fond à gauche.

(En se frottant les mains et très haut.)

Eh! eh! eh!

LE PRINCE ET JOUVENETTE, s'écartant vivement l'un de l'autre.

Ciel!

JOUVENETTE, se cachant la tête dans les mains.

Bibus!

BIBUS

N'ayez pas peur, petits!
Les souris dansent, da! quand les chats sont partis.
Les amoureux font mieux, et font bien, qui qu'en grogne!
S'embrasser, à vingt ans, c'est la belle besogne.
Suffit que les parents en reçoivent l'aveu.
(A Jouvenette.)
Tu le diras aux tiens.
Au prince.
Moi, c'est dit, mon neveu
Et maintenant, allez, le doux avec la douce,
Reprenez-vous la main sans baisser la frimousse.
Le pis, c'est que la soupe est froide ; mais, bon Dieu!
Ce n'est pas faute, au moins, d'avoir soigné le feu!

(Rideau.)

8

# ACTE QUATRIÈME

Même décor qu'à l'acte deuxi ne, moins la charrette.

## SCÈNE PREMIÈRE

### NANET, THÉRÈSE

(Nanet est debout, près du puits, occupé à secouer du grain dans un van; Thérèse est assise sur la margelle de l'auge, et reprise un bas.)

NANET

Eh! non! femme, pas ça qu'il faut à Jouvenette!
Je ne dis pas, il est gentil, aimable, honnête,
Tout ce qu'il te plaît; mais, pas bon à marier.
D'abord, moi, tu sais bien, je veux un ouvrier
Connaissant son affaire et solide à l'usage.
Ce petit-là n'en est qu'à son apprentissage;
Et Bibus en personne a beau le diriger,
Ce n'est pas en dix jours qu'on fait un fin berger.

THÉRÈSE

Mais Bibus y mettra tout le temps nécessaire.
Puis, le petit, d'ailleurs, n'est point dans la misère.
Bibus nous a juré qu'il a de quoi.

NANET

Combien?
Moi, quand on ne dit pas un chiffre, on ne dit rien.

THÉRÈSE

Il paraît que c'est gros.

NANET

Alors, pourquoi le taire?
On n'écrit pas : « Il a de quoi » chez le notaire.
On dit combien. Bibus est presque un indigent :
Gros comme un poing doit lui paraître un tas d'argent.
Et l'argent, d'autre part, en eût-on la main pleine,
Ça file. On a tôt vu le fond d'un bas de laine.
Et rien ne vaut encor, crois-en un vieux routier,
Les deux bons bras d'un gas qui sait bien son métier.
Parle-moi de Bruin! Un travailleur! De l'ordre.

THÉRÈSE

Un avare.

NANET

Tant mieux!

THÉRÈSE

Un toujours prêt à mordre.

NANET

Re-tant-mieux! S'il est âpre à mettre de côté,
Il n'en sera pas moins, et par tous, respecté.

THÉRÈSE

Respecté, soit! Mais pas aimé! Pas pour un zeste!
Jouvenette, en tout cas, l'aime... comme la peste,
Et restera plutôt fille que d'être à lui.

NANET, en rangeant dans la grange son van.

Bouh! va donc!... Mais, assez causé pour aujourd'hui !

Tu me tiens là depuis qu'on est sorti de table.
Suffit! Je vais aider les garçons dans l'étable.
(Il se dirige vers l'étable, au fond, à droite.)

THÉRÈSE, le retenant.

Quoi! ta fille...

NANET

Eh! fais-lui, femme, entendre raison.
Ce que j'en dis, c'est pour qu'elle ait bonne maison;
Et toi-même, l'aimant, il faut dire tout comme,
Et ne pas la laisser s'empierger d'un jeune homme,
Doux, brave, et que j'estime autant que je le dois,
Mais qui ne sait pas faire œuvre de ses dix doigts.
(Il s'en va de nouveau.)

THÉRÈSE, essayant encore de le retenir.

Voyons, Nanet!...

NANET

Nanet s'en court à sa besogne.
(Il s'échappe, et se sauve en courant vers l'étable.)


# SCÈNE II

THÉRÈSE, seule, et parlant fort vers l'étable.

Au diable le mâtin de têtu! Plus on cogne
Sur sa caboche, et moins on lui rive son clou.
On parle Saint-Martin, il répond Saint-Maclou.
Ane rouge!
(Elle jette vers l'étable son bas contenant l'œuf à repriser.)

## SCÈNE III

### THÉRÈSE, JOUVENETTE

JOUVENETTE, sortant de la maison, et venant se jeter dans les bras de sa mère.

Ah! maman, je voudrais être morte.

THÉRÈSE

Qu'est-ce que tu dis là?

JOUVENETTE

J'étais près de la porte.
J'ai tout entendu, tout. C'est affreux. Quel méchant!

THÉRÈSE

Calme-toi.

JOUVENETTE

Refuser comme ça, sur-le-champ,
Et sans une raison, sans motif légitime,
Un garçon doux, aimable, honnête, qu'il estime,
A qui l'on ne peut rien reprocher! Car, enfin,
S'il n'est pas fin berger, il le deviendra, fin!
Qu'on attende! Une année encore m'est égale.
Mais vouloir m'imposer l'autre mauvaise gale!
L'autre avaricieux! Ah! par exemple, non!
Et madame Bruin ne sera pas mon nom.

THÉRÈSE, l'apaisant.

Jouvenette!

JOUVENETTE

Un vilain, coupeur de liards en quatre!
Un jaloux! Un brutal qui n'aurait qu'à me battre!
Jamais! Jamais! Pas plus de force que de gré.
Et moi-même, à sa face, oui, je le lui dirai.

THÉRÈSE

Garde-t'en bien, au moins!

JOUVENETTE

Pourquoi?

THÉRÈSE

Ce serait grave.
Il chercherait dispute au petit, et tout brave
Que soit le cher enfant...

JOUVENETTE

Oh! tu n'en doutes point!

THÉRÈSE

Non. Mais Bruin, pour sûr, le mettrait mal en point.
Quand il cogne, c'est comme une bête lâchée,
Et, l'autre pauvre, il n'en ferait qu'une bouchée.

JOUVENETTE

Mais il tient tout le monde alors à sa merci!

THÉRÈSE

Un peu, dame! Il faudra marcher couci-couci,
Ruser, trouver des biais et prendre des mitaines.
Et même, tant que les choses sont incertaines,
Le petit devrait bien se montrer plus prudent
Et te faire la cour de loin, en attendant.

Si Bruin se doutait seulement qu'il roucoule!
Ah! rien que d'y penser, j'en ai la chair de poule.

JOUVENETTE

Tais-toi, maman! J'ai peur aussi. Je l'aime tant!!
Ce n'est pas moi qui peux lui dire ça, pourtant.

THÉRÈSE

Je tâcherai de lui glisser la chose.

JOUVENETTE

Oui, tâche.
Et sans qu'il se figure, au moins, qu'on le croit lâche.
Oh! C'est abominable!
(Éclatant en sanglots.)

THÉRÈSE

Allons! Ne pleure pas!
Du sang-froid! Quand on veut sortir d'un mauvais pas,
Il faut rentrer d'abord ses pleurs et sa colère;
Car plus les yeux sont secs, et plus la vue est claire.

JOUVENETTE, vivement.

Si l'on demandait à Bibus un talisman!

THÉRÈSE, montrant son cœur.

Le meilleur est encore ici, va!

JOUVENETTE, l'embrassant.

Oui, maman!
Pardon! J'ai tort, t'ayant avec moi, d'avoir crainte.
J'espère.

THÉRÈSE

Mais, bien sûr, dame!
(Elles s'embrassent de nouveau.)

## SCÈNE IV

### LES MÊMES, BIBUS, LE PRINCE

(Bibus et le prince arrivent par la grand'porte du fond.)

BIBUS

Oh! oh! Quelle étreinte!
Ça va donc dret! Tout marche à souhait!

JOUVENETTE

Hélas! non.

LE PRINCE

Non! Comment dites-vous? Pourquoi?

BIBUS

Mais, nom de nom,
Qu'est-ce qui ne va pas, alors?

THÉRÈSE

C'est tout qui cloche.

JOUVENETTE

D'abord, mon père...

BIBUS

Oh! lui, j'entends d'ici sa cloche.
Il veut pour gendre un fort ouvrier, grand garçon,
Connaissant son état; la voilà, sa chanson,
Hein?

JOUVENETTE ET THÉRÈSE

Oui.

BIBUS

Mais à vous deux contre lui seul, mâtines,
Vous lui ferez chanter les vêpres à matines.
Si ce n'est pour demain, c'est pour après-demain.
Suivez votre petit bonhomme de chemin.
S'il n'y a que Nanet devant pour que tout cloche,
Allez, foi de Bibus, nous avons chat en poche.

LE PRINCE

Cependant...

BIBUS

Laissez donc! Vous n'y voyez pas clair,
Vous. On met le Nanet au vent pour avoir l'air;
Mais l'obstacle, le vrai, ça doit être autre chose
Qu'on ne nous dit point.

LE PRINCE, s'exaltant peu à peu en parlant.

Oh! pardonnez-moi, si j'ose
Insister, Jouvenette, et vous, madame, aussi!
Mais Bibus a raison, j'en suis sûr, car voici
Que soudain, toutes deux, votre regard m'évite.
Quel malheur nous menace, hélas! Dites-moi vite.
Je tremble. Par pitié !
                (A Jouvenette.)
                        Vous ne m'aimez donc plus?

BIBUS

Ta, ta, ta! Diantre soit de tels hurluberlus
Qui piquent dès l'abord au plus creux de la mare!
Rengainez-moi, fiston, vos mots à tintamarre,
Et ces gros yeux de carpe et la voix de fausset,
Et parlons peu, mais bien.
                (Aux deux femmes.)
                        Voyons! Qu'est-ce que c'est?

## SCÈNE V

LES MÊMES, TRUGUELIN, AGÉNOR, qui arrivent en courant, effarés.

TRUGUELIN

Ah! Bibus!

BIBUS

Allons, bon! D'autres chiens dans nos quilles!

TRUGUELIN ET AGÉNOR, se suspendant chacun à un bras de Bibus.

Grands dieux!

BIBUS, les secourant.

Eh! prenez-vous mes bras pour des béquilles?

TRUGUELIN ET AGÉNOR

Hélas!

BIBUS

Êtes-vous soûls?

AGÉNOR

On le serait à moins.

TRUGUELIN

Écoutez!

AGÉNOR

Écoutez!

TRUGUELIN

Sans témoins.

LE PRINCE

Sans témoins!

Pourquoi?

TRUGUELIN

C'est à vous deux...

AGÉNOR

Vous seuls...

TRUGUELIN

Que l'on peut dire...

JOUVENETTE, effrayée.

Oh! maman!

LE PRINCE, voulant les retenir.

Mais pourtant...

THÉRÈSE

Laissez! On se retire.
(Elle emmène Jouvenette vers la maison.)

LE PRINCE, les accompagnant jusqu'au seuil.

Ma Jouvenette, quoi que veuillent ces deux fous,
Ne vous alarmez pas! Je ne vis que pour vous.
(Thérèse et Jouvenette rentrent dans la maison.)


SCÈNE VI

LES MÊMES, moins THÉRÈSE et JOUVENETTE

LE PRINCE, revenant.

Eh bien!

BIBUS, impatient.

Nous attendons.

TRUGUELIN

Je frémis.

AGÉNOR

Je frissonne.

LE PRINCE, avec un geste colère.

Ah !

TRUGUELIN

Nous ne pouvons être entendus par personne ?

BIBUS

Mais non.

LE PRINCE

Nous sommes seuls.

AGÉNOR

Quel souci !

TRUGUELIN

Quel chagrin !

AGÉNOR

Votre fille nous met dans un joli pétrin.

TRUGUELIN

Ma fille! Elle! Oui!

AGÉNOR

Peut-être une guerre civile.

TRUGUELIN

Certe. On murmure aux champs. On doit hurler en ville.

LE PRINCE

Mais qu'est-ce que tout ça veut bien dire, mon Dieu?

BIBUS

Quand aurez-vous fini de parler en hébreu?
Nous n'y comprenons goutte. Expliquez-vous, que diable!

TRUGUELIN

Par bonheur, nous là-bas, tout est remédiable.
On couronne le prince...

AGÉNOR

On casse les décrets...

TRUGUELIN, voulant les entraîner dehors.

Mais, commençons par fuir; vous comprendrez après.

BIBUS

Ah çà! nous en avons par-dessus les oreilles,
D'être là, bouche bée, à des bourdes pareilles.
Assez de coq-à-l'âne, hein! Rentrez dans le ton,
Ou je vous y remets du bout de mon bâton.
Est-ce clair? Maintenant parlez; on vous écoute.

TRUGUELIN

Nous étions tous les deux...

AGÉNOR

A flâner sur la route...

BIBUS

Et le troupeau?

TRUGUELIN

Rentré.

AGÉNOR

Dans le parc.

TRUGUELIN

Quand passa
Le roulier qui nous a raconté ça.

BIBUS

Quoi, ça?

TRUGUELIN

Que dans le bourg voisin...

AGÉNOR

Et partout à la ronde...

TRUGUELIN

Par suite des nouveaux décrets l'émeute gronde.

LE PRINCE, d'un air détaché.

Quels nouveaux décrets?

TRUGUELIN

Quels? Mais les décrets nouveaux.

BIBUS

J'entends bien. Mais de quoi retourne-t-il dans vos
Décrets?

TRUGUELIN

Ce ne sont pas les miens.

AGÉNOR

                        C'est la régente,
Sa fille.

TRUGUELIN

    Hélas! D'où vient son erreur affligeante?
Elle, elle! Associée à mes plus grands travaux!

BIBUS, le frappant de son bâton.

Enfin, qu'est-ce qu'on dit dans ces décrets nouveaux?

TRUGUELIN

Je ne sais pas.

AGÉNOR

        Mais ça déplait à la province,
Probablement.

TRUGUELIN, au prince, qui depuis un moment n'écoute plus et regarde vers
la maison.

        Aussi vous supplié-je, prince,
Pour casser ces édits, de rentrer au palais.

LE PRINCE

Moi! Jamais de la vie. Allez, vous, cassez-les!
C'est votre affaire. Moi, dans cet Éden agreste
J'aime et je suis aimé. Que m'importe le reste?

TRUGUELIN

Mais vous seul, sur le trône, et rien qu'en y montant...

LE PRINCE

Mais je m'occupe ici d'un soin plus important.
Et dans tous vos fatras la chose la plus nette

C'est que j'ignore encor pourquoi ma Jouvenette
Et sa mère tantôt n'osaient me regarder,
Et j'ai pour tout souci de le leur demander.

(Il le quitte et se dirige vers la maison.)
(On entend un lointain roulement de tambour.)

TRUGUELIN

Écoutez! On entend le tambour qui va faire
La proclamation ici.

LE PRINCE, du seuil, avant d'entrer dans la maison.

C'est votre affaire.

(Il entre dans la maison.)


SCÈNE VII

LES MÊMES, moins LE PRINCE


TRUGUELIN

Que me conseillez-vous, Bibus?

AGÉNOR

Oui, vous, malin !

BIBUS

Oh! moi, mes pauvres vieux, je m'amuse tout plein,
Et serai des premiers qui prêteront main forte
A celui qui voudra vous flanquer à la porte.
Car vous et vos pareils, c'est à vous, s'il vous plaît,
Qu'il doit, même guéri, d'être encor ce qu'il est :
Un roi qui ne sent pas ce qu'un tel titre impose.
Moi, j'en ai fait un homme. Un roi, c'est autre chose.
Montrez-lui ses devoirs, vous qui savez ses droits.
Bibus n'y connaît rien, à fabriquer des rois.

## SCÈNE VIII

### LES MÊMES, BRUIN, puis NANET, PAULIN et LUCAS

BRUIN, arrivant par la grand'porte, furieux

Nanet! Les gas! Ohé! les autres!

NANET, sortant de l'étable.

Quoi donc?

LUCAS ET PAULIN, même jeu.

Qu'est-ce?

(Babus, Truguelin et Agénor se sont retirés près de la grange.)

BRUIN

Êtes-vous sourds?

NANET ET LES GAS

Comment?

BRUIN

On a battu la caisse.

NANET

Après?

BRUIN

Après? Eh bien! On double les impôts,
Voilà!

NANET ET LES GAS

Non!

BRUIN

Si.

9

NANET

Voyons, cousin, à quel propos ?

BRUIN

Pour fonder des... attends, des... des Académies.
Ce n'est pas tout. A deux puissances ennemies
On lâche une province et des indemnités.

NANET ET LES GAS

Oh !
(On entend le tambour qui arrive par la gauche, sur la place, devant la grand'-
porte. Il est suivi par des paysans qui se groupent autour de lui.)

BRUIN

Tenez! Le tambour va vous lire. Écoutez !


# SCÈNE IX

LES MÊMES, LE TAMBOUR, PAYSANS

(Le tambour du village est en vue, sur la place, devant la grand'porte, et fait
d'abord un long roulement ; après quoi il tire de sa giberière une proclamation qu'il lit à haute voix.)

LE TAMBOUR, lisant :

Par ordre de très haute et très noble et très gente
Arabella, le prince étant absent, régente,
A tous, bons serviteurs du trône, on fait savoir
Que l'impôt désormais est double à percevoir ..

BRUIN, à Nanet.

Tu vois.

LE TAMBOUR

... Qu'on va fonder quatorze Académies
Nouvelles...

BRUIN, même jeu, aux gas

Hein !

LE TAMBOUR

... Que deux puissances ennemies
Nous réclamant...

BRUIN, même jeu, à Nanet.

Écoute !

LE TAMBOUR

... En plus d'indemnités,
Une province dont les droits sont contestés,
Et ce, d'urgence, au nom du prince, on les accorde...

TOUS

Oh! oh !

LE TAMBOUR

... Et que sera passible de la corde
Quiconque aura mépris pour les présents décrets
Ci promulgués au mieux des publics intérêts.
            (Il fait un nouveau roulement, puis s'en va vers la droite.

## SCÈNE X

LES MÊMES, moins LE TAMBOUR

BRUIN, courant à la grand'porte, et regardant vers la droite, du côté
où est parti le tambour.

Ah! les gueux! Pour que nul n'en ignore, on le colle,

Leur édit de malheur, sur la maison d'école!
(Il revient en montrant encore le poing vers la place; des paysans le suivent et
entrent dans la cour de la ferme.)

NANET

Plus bas, Bruin! Si l'on t'entendait, mon garçon!

BRUIN, aux paysans.

Criez tous avec moi plutôt, à l'unisson.
On ne peut pourtant pas pendre tout le village!
Et puis, quoi? J'ai le cœur trop gros. Je me soulage.
Tant pis! Et si chacun osait en faire autant,
On leur apprendrait... Car, enfin, c'est révoltant!

LUCAS, PAULIN ET DES PAYSANS

Oh! sûr!

BRUIN

Doubler l'impôt!

PAULIN

Livrer une province!

NANET

Les choses marcheraient autrement si le prince...

BRUIN

Ton prince! Va-t'en voir s'il vient! Un fainéant!

NANET

Mais...

BRUIN

Que son peuple soit joyeux ou maugréant,
Il s'en moque pas mal, lui, pourvu qu'il prospère!

NANET

Là, Bruin, tu n'es pas raisonnable. Son père
Fut toujours bon pour nous. Il saura l'être aussi.
Attends.

LUCAS, PAULIN ET DES PAYSANS

Oui, dame!

BRUIN

Et paie en attendant! Merci!
Vous êtes trop prudents. Je ne suis pas des vôtres.
Respectez les décrets si vous voulez, vous autres!
Aux nouveaux impôts, moi, je dis : « Bren! Pas un sou! »
Et quand même, entends-tu, j'aurais la corde au cou,
Je le dirais encore, encore, à perdre haleine,
Et qu'on n'a pas le droit de nous tondre la laine
Si ras, si près du cuir, avec de tels ciseaux,
Et que vous n'avez pas de moelle dans les os,
Vous tous qui vous laissez toujours et sans relâches
Racler ainsi la peau jusqu'au sang, tas de lâches!

LUCAS

Il a raison.

PAULIN ET DES PAYSANS

Oui, sûr!

LUCAS, à Nanet.

Voyons, c'est votre avis,

Père?

NANET

Ah! dame, si tous marchaient, étaient suivis!...
Je ne dis pas, la chose une fois commencée!...

BRUIN, à Bibus, Truguelin et Agénor.

Et vous, là-bas, les vieux?
(Truguelin et Agénor font signe de n'avoir rien à dire.)

BIBUS

                    Qu'ils gardent leur pensée,
S'ils en ont une! Moi, la mienne, la voici.
Je ne t'avais pas fort dans le cœur jusqu'ici,
Bruin; je te trouvais hargneux, trop économe,
Brutal; mais tu viens là de parler comme un homme.
C'est bien.
(En lui serrant la main.)
              Tellement bien, que je voudrais un peu
Faire ouïr du pareil au même à mon neveu.
(Il fait mine d'aller vers la maison dont Lucas va ouvrir la porte.)

BRUIN

Oh! pas besoin de lui, va, pour ouvrir la danse!
Un gamin!

BIBUS

Laisse! J'ai mon plan.

TRUGUELIN, venant l'arrêter, bas.

              Quelle imprudence!

BIBUS

Vous, motus! Ce qu'il faut pour fabriquer des rois,
Ça doit être des mots dans ce genre, je crois.
(Il repousse Truguelin et appelle à haute voix vers la maison.)
Holà! petit! Holà! Le Bruin a des choses
A vous dire.

## SCÈNE XI

LES MÊMES, LE PRINCE, JOUVENETTE, THÉRÈSE,
tous trois sortis à l'appel de Bibus.

LE PRINCE, qui est sorti au second Acte.

Ah! Bruin!

JOUVENETTE, à Thérèse, bas.

J'ai peur.

THÉRÈSE, bas, à Jouvenette.

Quoi! tu supposes!...

Oh! non.

LE PRINCE, allant droit à Bruin, très décidé.

J'ai justement à vous parler aussi.
Je me serais rendu chez vous, sortant d'ici.
Puisque nous voilà face à face, j'en profite,
Et nous allons régler l'affaire tout de suite.

BRUIN

Quelle affaire? Avec moi! Vous! J'ai mal entendu.

LE PRINCE

Non pas. Vous vous donniez comme le prétendu
(Je l'apprends à l'instant, là) de mademoiselle.

BRUIN

Mais je le suis toujours, certe, et ce n'est pas elle
Ni vous...

LE PRINCE

Ne prenez pas vos grands airs triomphants !
Être son fiancé, vous, je vous le défends.

BRUIN

Comment as-tu dit ça? Répète !

LE PRINCE

Je répète.
Je vous le défends.

BRUIN, avec un sursaut de fureur.

Ho !

JOUVENETTE, effrayée.

Mon Dieu !

BRUIN, avec mépris.

Non, c'est trop bête !
Un morveux, dont le nez est encor plein de lait !

LE PRINCE, en un éclatant sursaut de colère.

Je suis votre homme, où, quand, et comment il vous plaît.
(A Truguelin et à Agénor.)
Vous, qu'on aille à chacun nous chercher une épée !

BRUIN

Pourquoi ?

LE PRINCE

Pour que la mienne, en votre sang trempée...

BRUIN, riant.

Ah ! ah ! c'est donc la mode, une épée, à présent,
Pour se prendre le poil et se tirer du sang.

Je n'en ai pas besoin, moi. Rien qu'un poing qui bouge,
Celui-là, tiens, le gauche, et tu vas cracher rouge.

(Il se met en posture de bataille.)

LE PRINCE, très calme.

Nous verrons !

JOUVENETTE, s'accrochant à lui.

Non !

NANET, s'accrochant à Bruin.

Bruin !

TRUGUELIN ET AGÉNOR, de loin.

Arrêtez !

THÉRÈSE, affolée.

C'est affreux.
Nanet, les gas, Bibus, tous, jetez-vous entre eux.

BRUIN, pris à bras-le-corps par les gas et Nanet.

Ça ne sera pas long. Comme un verre qu'on rince.

LE PRINCE, se dégageant de Jouvenette.

Je vous en prie !...

JOUVENETTE, repoussée par lui et se tordant les bras.

Oh ! non.

AGÉNOR, venant se camper entre Bruin dégagé des gas et le prince

Malheureux ! C'est le prince.

TOUS, immobilisés.

Le prince !

TRUGUELIN, venant se mettre près d'Agénor.

Oui, notre prince! Et moi, sous ce manteau,
Son ministre.

AGÉNOR, emphatiquement.

Agénor, moi! Tous incognito!

JOUVENETTE, se jetant dans les bras de sa mère.

Le prince, hélas!

BRUIN

Bibus, voyons, est-ce qu'on rêve?

BIBUS

Non, c'est la vérité, je l'atteste.

LE PRINCE

Je crève

De rage.
(A Truguelin et à Agénor.)
Vous deviez vous taire, vous!

BIBUS

Les vieux
Ont très bien fait. Que vous n'ayez pas froid aux yeux,
Vous en avez donné suffisamment la preuve;
Et s'ils n'avaient rien dit, moi, j'arrêtais l'épreuve.

BRUIN, grinçant des dents.

C'est dommage, quand même! Un prince! Et ne pouvoir!...

JOUVENETTE, à sa mère.

Un prince! C'est un prince! Ah! j'aurais dû le voir!
Quel malheur de l'aimer, maman!
(Elle laisse tomber sa tête sur l'épaule de sa mère, en pleurant.)

THÉRÈSE, la câlinant.

Pauvre !

LE PRINCE

Elle pleure !

Pourquoi ?

THÉRÈSE

Dame !

LE PRINCE

Mais non ; tel j'étais tout à l'heure,
Ma Jouvenette, tel je reste, vous aimant,
Et de toute mon âme, oh ! toute !

AGÉNOR

Assurément.
Cela s'est déjà vu, quand elle a du mérite,
Qu'une fille des champs, belle, soit favorite.

LE PRINCE

Taisez-vous, misérable ! Osez-vous bien penser ?

TRUGUELIN

Monseigneur ne va pas pourtant se lancer ?...

LE PRINCE

Si fait.

TOUS, stupéfaits.

Comment !

JOUVENETTE, à sa mère.

Oh ! non, mère, je deviens folle,

N'est-ce pas? Il dit ça pour que je me console.
C'est un conte!... Je n'ose y croire.

THÉRÈSE

Moi, j'y crois.

LE PRINCE

Et toi seule as raison, mère ; et moi, fils des rois,
Je jure d'épouser ta fille, ici présente.

TOUS, joyeusement.

Ah !

BRUIN, après avoir avancé lentement, avec une sombre décision.

Pourvu toutefois que son père y consente!

NANET

Si j'y consens! Plutôt deux fois de chaque main.

BRUIN

C'est qu'alors tu dis blanc aujourd'hui, noir demain,
Voilà tout.

NANET

Moi!

BRUIN

Toi, certe. A qui voulait l'entendre,
Qu'est-ce que tu chantais toujours? « J'aurai pour gendre
« Un homme, un gas d'aplomb, tâcheron sans quartier,
« Et dur à la besogne, et sachant son métier. »
Un tel que toi, que nous, un, enfin, qui travaille.
Et tu vas prendre qui? Regarde. Un rien qui vaille,
Une plante montée en graine, un gringalet,
Un bon à quoi, tout frisque et tout prince qu'il est !

Demande-lui donc voir, à lui qu'on me préfère,
S'il connait son métier comme moi mon affaire !

BIBUS

Hardi ! Tu parles d'or.

BRUIN

Demande-lui donc voir
Si c'est dans son métier et s'il fait son devoir,
De s'en venir chez nous, caché, courir la fille...
(Au prince qui fait un mouvement.)
(Ah! laissez-moi finir, vous!)... pendant qu'on nous pille,
Qu'on nous saigne, qu'on veut nous égorger d'impôts,
Et qu'à nos ennemis, insultant ses drapeaux,
En son nom, sans se battre, on livre une province?
(Venant se planter devant le prince.)
Prince tant qu'on voudra! Tu n'es qu'un mauvais prince!

LE PRINCE, très calme.

Je ne vous comprends pas.

BIBUS

Il parle clair pourtant,
Si clair, qu'on vous a vu rougir en l'écoutant.

LE PRINCE

Certes; car c'est un crime infâme, sans excuse,
Abominable, fou, sans nom, dont il m'accuse.
J'ai rougi qu'on m'en crût capable seulement.
Mais je ne l'ai point fait. C'est faux. Cet homme ment.

BRUIN

Je ne mens pas.

DIBUS

Bruin ne ment pas. A voix haute
Je l'affirme avec lui, moi : vous êtes en faute.

LE PRINCE, déconcerté.

Ah ! comment?...

BRUIN

Les décrets rendus en votre nom !

LE PRINCE, sans comprendre.

Les décrets !...

BRUIN

Vous avez bien dû les lire?

LE PRINCE

Non.

BRUIN

Il ne sait même pas le mal qu'on lui fait faire !
Attendez !
(Il court à la porte et sort.)
(La foule est agitée d'un grand frisson murmurant.)

TRUGUELIN, avec mépris.

Ce garçon...

LE PRINCE, lui imposant silence du geste, puis parlant d'un air grave
et très lentement.

La leçon est sévère;
Mais l'outrage me plaît, si je l'ai mérité,
Et, que j'en souffre ou non, je veux la vérité.

BIBUS, venant lui serrer la main.

Bien ! Le sentier est dur; mais c'est la bonne voie.

BRUIN, revenant, la proclamation à la main.

Tenez, voici la chose.

TOUS, effrayés.

Arrachée!

BRUIN

Avec joie!
Qu'on venge par ma mort les décrets méprisés!
Ça m'est égal. Je fais mon devoir, moi.
(Tendant la proclamation au prince.)
Lisez!
(Le prince lit. Un grand silence. Tout le monde l'observe, anxieux. On voit peu à
peu sa face pâlir, puis couler ses larmes, lentes.)

LE PRINCE

Hélas! c'était donc vrai. Je suis un prince infâme...
Pardon, vous tous, pardon!... Ah! mon crime réclame
Un châtiment. C'est moi qui me l'infligerai.
Oui, cet homme a raison, en se disant frustré
Qu'on lui préfère un tel mauvais prince pour gendre.
Je veux qu'il me la donne et non pas la lui prendre,
Cette douce compagne à laquelle il prétend.
Je veux m'en rendre digne en la lui disputant.
S'il consent à m'avoir pour rival, c'est encore
Plus que je ne mérite et c'est lui qui m'honore.
(Allant à Bruin et lui tendant la main.)
J'ignorais mon devoir sans toi, brave garçon.
Tu me l'as enseigné. Merci de la leçon!
Que la lutte, arrêtée entre nous tout à l'heure,
Soit rouverte, Bruin; mais plus noble et meilleure!
Et puisque Jouvenette en doit être l'enjeu,
Je commence. Bibus, sois fier de ton neveu!
Les décrets, abolis! Aux ennemis, la guerre!
A mon métier de roi si je ne m'entends guère,

Patience! Je vais l'apprendre en le faisant;
Car tout mon bon vouloir s'y met dès à présent;
　(A Nanot.)
Et quand je reviendrai dans ta chère famille,
Fidèle fiancé, te demander ta fille,
C'est que ce dur garçon pourra dire, l'ancien,
Que je sais mon métier comme il connaît le sien!

(Rideau.)

# ACTE CINQUIÈME

Même décor qu'à l'acte quatrième, mais transformé pour une fête.

Les murs sont tendus de tapisseries, de feuillages, de fleurs. — La grand'porte est devenue un arc de triomphe en branches et verdure. — A droite, entre le puits et la maison, est dressée une estrade avec riche tapis, et dont le fond est fait par une tenture de soie. — Sur l'estrade sont deux trônes accolés, deux fauteuils et deux tabourets. — Dans la grange et à droite sont des futailles enguirlandées de feuillage.

## SCÈNE PREMIÈRE

### TRUGUELIN, LES TAPISSIERS

(Les ministres du premier acte, devenus tapissiers, sont en train d'achever la décoration de la cour. Truguelin va et vient, affaire.)

TRUGUELIN, en costume modeste.

Dépêchons! Dépêchons!
(A un tapissier qui arrange des banderoles jaunes.)
Non, pas ces flammes jaunes!
Des rouges!
(On lui obéit. — A ceux qui sont occupés sur l'estrade.)
Ah! plus près l'un de l'autre, les trônes!
A se toucher! Les deux n'en faisant qu'un.
(On lui obéit.)
Là! Bien!
(Il monte sur l'estrade.)
Voyons! Tout est en ordre? Il ne manque plus rien?
Chacun sa place!
(Montrant le fauteuil à la droite des trônes.)
Ici, la mère!
(Montrant l'autre.)
Ici, le père!

10

(Montrant les deux tabourets.)

Un gas! Le second gas!

(Descendu de l'estrade.)

Quelques seigneurs par paire,
Sur les marches, auraient bien fait, du haut en bas.
Des dignitaires!... Mais, puisque l'on n'en veut pas!
Tâchons que le tableau soit pourtant présentable,
Encadré par Bibus et par le connétable!
Bruin! Lui, connétable!... Enfin!... C'est le hasard
Des batailles.

(Se reculant pour juger de l'effet.)

Ma foi! L'effet n'est pas sans art.
Et, sauf les assistants, la fête sera belle.
Mais quelle idée! Offrir au peuple en ribambelle
De godailler ici comme à la foire!... Enfin!
J'ai fait ce que j'ai pu pour l'empêcher. En vain.
Notre roi maintenant est un roi populaire.
Il faut bien en passer par là. Quand on veut plaire!

(Regardant sa montre.)

Onze heures!

(Aux tapissiers qui ont fini et attendent.)

Il est temps que vous déguerpissiez.
Je suis content de vous, messieurs les tapissiers.

(Il les congédie du geste. Ils sortent par la gauche.)

## SCÈNE II

### TRUGUELIN, AGÉNOR

(Agénor entre par la grand'porte. Il a un bonnet de police et est vêtu d'une
grande houppelande militaire.)

AGÉNOR

Quel singulier palais! Pas d'huissier qui m'annonce!

TRUGUELIN, qui l'a reconnu à la voix.

Tiens! Agénor! Vous!... Non. Quand vous seriez le nonce;

Même le pape, rien! Non! On n'annonce plus.
Ah! les beaux jours d'antan sont des jours révolus.
L'étiquette, ma chère étiquette, finie!
On instaure céans, pour la cérémonie,
Des procédés nouveaux, grâce auxquels gueux, vilain,
N'importe, on entre chez le roi comme au moulin.
La consigne, en un mot, sera : « Plus de consigne! »

AGÉNOR

Vous vous y résignez?

TRUGUELIN

A tout je me résigne,
Heureux qu'on prise encor, tombé de ma hauteur,
Mes modestes talents d'humble organisateur.

AGÉNOR

C'est vrai, vous avez vu deux grands malheurs de suite :
Votre place perdue, et votre fille en fuite.

TRUGUELIN

Avec votre collègue, oui.

AGÉNOR

L'esprit... distingué!

TRUGUELIN, avec mépris.

Oh!

AGÉNOR

Si fait! Il était supérieur et gai.

TRUGUELIN

Brisons là! Vous avez trop beau jeu de riposte.
(Regardant avec mépris la houppelande d'Agénor.)
Et dites-moi quel est maintenant votre poste.

AGÉNOR, déboutonnant sa houppelande et se montrant en sergent d'infanterie.

J'étais grand officier. Je suis sous-officier.

TRUGUELIN, avec plus de mépris encore.

Ah!

AGÉNOR

Le prince venait de me remercier ;
J'étais tout seul, chagrin, m'ennuyant dans ma terre ;
J'ai repris mon ancien état de militaire.
On se battait là-bas, et je me suis battu.

TRUGUELIN, ironique.

Bien?

AGÉNOR

Comme un autre. Ran plan plan, turlututu !
Fifres, tambours, ça vous met le sang en folie.
Puis, notre cantinière était jeune et jolie.
Pour lui plaire, parmi tant de bruns et de blonds,
J'ai, sous mon poil d'argent, mis l'or de mes galons.
Car je l'ai gagné, ça qui reluit : ma sardine !
(En la lui mettant sous le nez.)

TRUGUELIN, encore plus ironique.

Vous fûtes un héros, peut-être ?

AGÉNOR

                Mais pardine !
Comme un autre ! Sans m'en douter. Il fallait bien !
Ne pas être un héros, pas moyen, nom d'un chien,
Sous ce petit démon de prince et ce grand diable
De Bruin, tous les deux d'une audace incroyable,
Toujours l'un près de l'autre, et toujours en avant,
Et toujours ce vieux fou de Bibus les suivant !

Parfaitement ! Le vieux Bibus ! Avec sa trique !
Et tout ça, gai !... Ce fut une guerre féerique.
Ah ! c'est qu'ils ont du cœur au ventre, ces manants !
Les deux gas de Nanet, tenez, sont lieutenants.
On allait ! On marchait au feu comme à la fête.
Quelle campagne ! C'est en chantant qu'on l'a faite.
Et dans l'universel et joyeux branle-bas,
Vous fûtes bien le seul à ne vous battre pas.

TRUGUELIN

Je ne suis point soldat. Je suis un politique.
Je trouve l'action stupide et frénétique.

AGÉNOR

Ah ! tel n'est fichtre plus l'avis du jeune roi.
Agir, c'est désormais sa devise et sa foi.

TRUGUELIN, dédaigneusement.

Oui, je sais !...

AGÉNOR, le rabrouant.

Dites donc ! Une belle victoire !
Mieux que de votre temps on écrit pour l'histoire.

TRUGUELIN

Oh ! n'empêche !... Nommer connétable du coup
Un Bruin, un brutal sachant cogner beaucoup,
Rien de plus, bon pour faire un suisse à pertuisane,
Et, quand on est le roi, prendre une paysanne
Pour femme, et l'épouser au sein des villageois,
Et, comme salle du trône, arrêter son choix
Sur cette cour de ferme où ça sent l'écurie,
Et ne s'environner pour toute seigneurie
Que de... bergers..., manants..., vilains..., va-nu-pieds..., gas,
C'est, vous en conviendrez, ne point faire grand cas

De ce qu'on pourra lire aux futures annales.
Des manières, à tout le moins..., originales!
Mais je n'ai pas le droit de m'en mettre en moiteur,
N'étant plus rien ici qu'humble organisateur.
Que le peuple soit tout, que le roi se marie
En vrai croquant, c'est son affaire!

## SCÈNE III

### LES MÊMES, BRUIN

(Bruin, en grande tenue de connétable, est entré depuis un instant par la porte
du fond, et il interpelle brusquement Truguelin en arrivant près de lui.)

BRUIN

Je parie
Que vous disiez du mal, vous, du gouvernement.

AGÉNOR

Un ministre tombé peut-il faire autrement?

BRUIN

Un gredin gracié devrait autrement faire.

TRUGUELIN

Un gredin! Ah! Bruin, je vous trouve sévère.

BRUIN

Mettons : un imbécile!

TRUGUELIN

Oh!

BRUIN

C'est bien hasardeux
De vous contenter, donc? Eh bien! mettons les deux.

TRUGUELIN

Pour le coup!

BRUIN

Pas encor satisfait? Je regrette;
Mais passons! Je venais voir si l'estrade est prête.

TRUGUELIN, pincé.

Elle l'est. Le décor civil, je l'ai réglé.
Le... militaire, à vous la pose!
(D'un air à la fois entendu et goguenard.)
Un... défilé,
Probablement!... Avec les troupes de la garde!...
Quelques...

BRUIN

Mêlez-vous donc de ce qui vous regarde.

AGÉNOR

Bien sûr. Vous n'êtes pas compétent, mon garçon.
Le connétable n'a pas besoin de leçon.
(A Bruin, avec admiration.)
C'est ça qui vous va bien, vous, l'uniforme! Peste!

BRUIN

Bouh! Ça me gêne un peu. J'étais mieux dans ma veste.
Mais, quand on a du grade, il faut lui faire honneur.

AGÉNOR

Aurait-on jamais cru que vous seriez seigneur?

BRUIN, attendri.

Un si bon prince!

AGÉNOR

Et vous savez si bien vous battre!

BRUIN

Pour lui! Tant qu'on voudra, vingt dieux! Et comme quatre!

TRUGUELIN, avec une basse et sourde ironie.

Vous professiez naguère un moindre attachement...

BRUIN

J'étais un âne, quand je pensais autrement.
Et ce n'est pas à vous à rappeler la chose.
Si le prince fit mal, vous seul en étiez cause.
Car il a le cœur grand, lui; trop grand même; oui, trop,
De ne pas vous avoir fait pendre, vieux pierrot.
Et ne m'échauffez pas là-dessus les oreilles,
N'est-ce pas? Ou je rends les deux vôtres pareilles,
En les époussetant, à deux coquelicots.

AGÉNOR, à Truguelin.

Dites donc, vos rapports ne sont guère amicaux.

TRUGUELIN

Oh! l'élément civil! l'élément militaire!
Toujours. Heureusement que j'ai bon caractère.

BRUIN

Moi pas!

AGÉNOR

Connétable! Oh! montrez-vous généreux!

TRUGUELIN, se collant contre Agénor, qui le repousse.

Pour ces deux grands débris se consolant entre eux!

BRUIN

Pardon! Lui s'est battu, racheté. C'est un homme.
(A Truguelin)
Vous, vous devez encore, et tout, et forte somme,

Et vous ne la paierez qu'avec du chanvre au col
En dansant une gigue à deux toises du sol.
Ah! ce jour-là!...
(En se frottant les mains.)

TRUGUELIN

Merci du souhait charitable!
(En lui mettant sa montre sous les yeux, et en le saluant les dents serrées.)
Mais vous vous attardez, monsieur le connétable.

BRUIN

En effet. Alors, tout va comme il faut, ici?

TRUGUELIN

Vous voyez. Je ne sais si j'aurai réussi
A bien concilier l'art et le confortable ;
Mais j'ai fait de mon mieux,
(En saluant très bas, avec une emphase gouailleuse.)
mòssieu le connétable !

BRUIN, avec un grognement en regardant partout.

Hon!... Si le roi n'est pas satisfait pleinement,
Gare à vous !
(Il va vers la grand'porte, où l'on voit des paysans.)

AGÉNOR, à Truguelin.

Votre place est pleine d'agrément.

TRUGUELIN

Que voulez-vous, mon cher? C'est encore une place.

## SCÈNE IV

LES MÊMES, GAMINS, puis SOLDATS, puis PAYSANS

GAMINS, qui arrivent en courant devant la grand'porte.

Vive le connétable !
(Bruin les calme du geste en les remerciant.)

TRUGUELIN, à Agénor.

Ah ! pouah ! La populace !
(Ils se retirent tous deux vers la droite.)
(On entend les tambours et les fifres d'un régiment.)

BRUIN, aux gamins d'un air paternel.

Entrez, petiots, entrez !
(Les gamins envahissent la cour, précédant les soldats.)

(Entrent les fifres et les tambours, suivis des soldats, commandés par Paulin et Lucas en officiers, et Paulin portant le drapeau, noir de poudre et en loques. Les soldats arrivent face au public jusqu'au moment où Bruin leur fait faire halte.)

(D'une voix de commandement militaire.)
Halte !
(D'une voix familière et l'air bon enfant.)
Rompez les rangs !

(Les soldats rompent les rangs joyeusement. La foule, restée dehors, se presse et se pousse à la porte pour entrer. Bruin appelle tout le monde du geste, en criant.)

Mêlez-vous avec les soldats, vous, leurs parents !
Tous, tous, entrez !

(La foule, composée surtout de vieux paysans et de femmes, envahit la cour et fait ce que dit Bruin.)

Par là ! Dans les coins ! Dans la grange !
Partout ! A votre idée ! Au hasard ! Qu'on s'arrange !

TRUGUELIN, les bras au ciel.

Oh !

BRUIN

Laissez seulement un passage au milieu,
Pour la noce. Mais pas d'étiquette, bon Dieu !

TRUGUELIN, n'y pouvant plus tenir d'indignation et voulant intervenir.

Pas d'étiquette !

BRUIN, le bousculant d'une bourrade joyeuse.

Non, paquet, pas d'étiquette !
(Aux paysans et aux soldats, gaiement.)
C'est le roi qui le veut. A la bonne franquette,
Les gas ! Sans gêne ! A la mode des braves gens !
Une noce entre amis ! Noce de paysans !
Pas de cérémonie et pas de prétintailles !
On boira tout à l'heure à même les futailles !
Et pour mieux boire, et pour que le roi soit content,
Accueillons-le, comme on se battait, en chantant !
(Il entonne avec la foule la chanson que rythment les fifres et les tambours.)

TOUS

Bataille !
Bataille !
Qui qu'a peur, qu'il s'en aille.
Mais qui qu'a peur, c'est pas nos gas.
V'là les enn'mis ! On ne r'cul' pas.
Et nous somm's tous entrés dans l'tas,
Ran plan plan, plan, plan,
Comm' la faulx dans la paille !
Ran plan plan, plan, plan !

Ripaille !
Ripaille !
Qu'on défonc' les futailles !
A la santé du roi not' gas !
Et ceux-là qui n'y boiront pas,
Qu'on les envoi' la tête en bas,
Ran plan plan, plan, plan,
Chez les hacheurs de paille,
Ran plan plan, plan, plan !

(On entend le carillon du clocher sonnant la sortie de l'église.)

BRUIN

Voici la noce ! Allons ! ho ! Redoublez, les gas !
Et tirez des pétards ! Et faites des fracas !


SCÈNE V

LES MÊMES, LE PRINCE, JOUVENETTE, BIBUS,
THÉRÈSE, NANET, DEUX MÉNÉTRIERS

(Dans les bruits mêlés du carillon, des pétards, des fifres, des tambours et de la
chanson reprise en chœur, le cortège entre par la grand-porte. Deux ménétriers
enrubannés le précèdent, jouant du violon. Jouvenette, en manteau royal, et
couronne en tête, marche entre le prince vêtu royalement aussi et Bibus toujours
en berger. Derrière eux viennent Nanet et Thérèse, dans leurs habits de
paysans endimanchés. Le cortège s'avance ainsi jusqu'à l'avant-scène.)

TOUS, admirant Jouvenette.

Qu'elle est belle !

THÉRÈSE, avec un orgueil attendri.

C'est ma fille ! Hein ! Regardez-la !
Comme elle est à son aise en habits de gala !

TRUGCELIN

A la bonne heure, donc ! Le grand manteau ! La traine !
Parfait !

LE PRINCE

Une couronne aussi! Car elle est reine.

BIBUS

Excusez-moi, mon Sire! Elle est ainsi très bien.
Mais à tout ce mic-mac je ne comprends plus rien.
Et quand je ne comprends plus rien, moi, je m'informe.
Encore un coup, elle est charmante... en uniforme.
Qu'est-ce qui n'irait pas avec ces deux yeux-là?
Mais pourquoi diable est-elle en habits de gala,
Puisqu'un chacun est en personne naturelle?
Sans compter qu'elle était très bien, ayant sur elle
Ses habits de chez nous, au simple ajustement,
Ceux-là qu'elle portait, tenez, tout justement,
Souvenez-vous, le jour où parmi la fougère
Elle vous apparut en chapeau de bergère,
Où je vous laissai seuls au bord de la forêt,
Où, vos deux petits cœurs s'avouant leur secret,
Pour la première fois elle vous sembla douce,
Là-bas, en ramassant du bois mort dans la mousse.
        (A Jouvenette.)
A ta place, vois-tu, je les aurais gardés.

JOUVENETTE, entr'ouvrant son manteau, sous lequel elle est vêtue comme
                    autrefois.

C'est ceux-là que je porte encore. Regardez.
Pas plus que vous, mon vieil ami, je ne m'explique
Pourquoi l'on m'enveloppe ainsi qu'une relique
Dans ce grand manteau d'or, d'hermine et de velours,
Et pourquoi sur mon front tant de bijoux si lourds,
Cependant que dessous je suis toujours la même;
Mais c'est sa volonte, lui que j'aime et qui m'aime;
Et cela me suffit puisqu'il a l'air content,
Et je n'ai pas besoin qu'on m'en explique tant.

LE PRINCE

Je vais vous l'expliquer néanmoins, Jouvenette.
Il faut qu'aux yeux de tous apparaisse bien nette
L'action que je fais, mon aimée, en ce jour,
Et la leçon qui doit fleurir de notre amour.
Prenez place d'abord sur votre trône, reine.
(Il l'y conduit et l'y fait asseoir.)
Posez vos pieds mignons dans cette large traîne.
Écartez ce manteau, qu'on voie à plein, sous l'or,
Qu'étant fille des champs, là vous l'êtes encor.
Nanet, asseyez-vous auprès de votre fille.
Thérèse, auprès de moi.
(A Paulin, en lui désignant un des tabourets.)
                    Vous!
(A Lucas, en lui désignant l'autre tabouret.
              Vous! Chère famille,
Dont je suis fier, et dont je veux être un des gas.
Bibus! Bruin! Mes deux maîtres! Debout. Au bas!
Comme mes deux piliers de force et de sagesse.
(Bibus et Bruin font ce que leur ordonne le prince.)
Maintenant, devant toi, peuple, faisons largesse
De la leçon que j'offre aux âmes d'aujourd'hui.
(En montrant le peuple d'un geste large.)
C'est par l'amour qu'il faut se retremper en lui;
C'est de la terre, où sa sueur perle en rosée,
Que remonte la sève à la plante épuisée;
Il en est le profond, l'immortel réservoir.
Et c'est ce que je veux à tous bien faire voir
Par une image claire et que chacun comprenne,
En te manifestant fille des champs et reine,
Reine au milieu des tiens devenus mes parents,
Toi qui m'as reverdi le cœur, toi qui me rends
La jeunesse, l'espoir, l'Avril où tout repousse,
O mon bien, mon amour, ma promise, ma douce,
Ma Jouvenette, ma Jouvence, ma clarté!

BIBUS

Le pays avec toi, fils, est ressuscité.
Car les vieilles chansons ne sont point mensongères.
Tout va dret, quand les rois épousent les bergères.

(Les tambours et les fifres reprennent la chanson, parmi les acclamations de la foule et les joyeuses volées du carillon.)

(Rideau.)

17773. — L.-Imprimeries réunies, rue Mignon, 2, Paris.